# 大記憶

亲历20次国庆庆典

倪天祚◎著

中国文史出版社

**图书在版编目（CIP）数据**

大记忆：亲历 20 次国庆庆典 / 倪天祚著 . — 北京：
中国文史出版社，2016.12

ISBN 978-7-5034-8787-3

Ⅰ . ①大… Ⅱ . ①倪… Ⅲ . ①回忆录—中国—当代
Ⅳ . ① I251

中国版本图书馆 CIP 数据核字（2016）第 325312 号

责任编辑：王文运　　赵姣娇
装帧设计：陈欣欣　　蒲　钧

出版发行：**中国文史出版社**

社　　址：北京市海淀区西八里庄 69 号院　　邮编：100142
电　　话：010-81136606　81136602　81136603（发行部）
传　　真：010-81136655
印　　装：北京新华印刷有限公司
经　　销：全国新华书店
开　　本：787×1092　　1/16
印　　张：15.75　　字　　数：145 千字
版　　次：2019 年 9 月北京第 1 版
印　　次：2019 年 9 月第 1 次印刷
定　　价：49.00 元

# 最美好的回忆

　　我生长在浙江温州一个农村的家庭，父亲一生从事教书职业，有一个勤劳贤惠的母亲。我小时候受到良好的家庭教育。1948 年考入温州有着革命传统的永嘉中学（现在的温州二中），我在这所学校从初中上到高中。当时，有年级高点的同学曾给我一些共产党的宣传材料，对我讲述一些革命道理，在我思想上对共产党有初步认识，认为他们是为劳动人民服务的，国民党是为剥削阶级服务的。

　　在温州市 1949 年 5 月 7 日解放的当天，为了纪念这个光明日子的到来，我约了几个同学一起照了纪念相。解放军进城后，住在离我们学校很近的地方，解放军热情地与老百姓打成一片。使我对解放军有好感，经常与解放军接触聊天，听革命道理，对共产党又有了进一步的了解。1949 年 10 月 1 日新中国成立，在天安门举行开国大典。那天我在广播里听了大典盛况，感到国家结束了一百多年来被侵略、被奴役的屈辱历史，中国人民从此翻身解放，当家作主，能过上好日子了。我兴高采烈，心潮澎湃，还想要是我能去北京看看天安门该有多好。

当我校有了青年团组织，我积极要求入团，不久就加入了团组织，这是我思想进步的重要一步，心情十分激动。由于表现好，很快当上了团干部。1950年国庆节参加温州市组织的群众游行。这是我有生以来第一次参加国庆大型活动。1951年团中央需要一批团干部到中央团校学习培训，从全国各省市抽调学生。浙江省抽调12名，其中温州市抽调5名，我校有2名，其中有我（我当时是学校团总支委员兼团支部书记）。当听到要去首都北京时，万分激动，几天难以入睡。联想到1949年听开国大典广播时，曾有去北京的念头，这不是梦想成真了吗？当年8月底我们这些人怀着激情到了中央团校。同年10月1日参加了国庆二周年群众游行。这是我人生中首次参加首都北京的国庆游行。那种激情难以言表。此后，每年国庆游行我都参加，直至1955年。

我在中央团校培训后，被分配到北京市人民委员会机关团委工作，团委书记何平同志是国庆群众游行指挥部办公室负责人之一。我因政治条件好（1953年入党），积极向上，1956年被调去参加节日筹备工作。我感到荣幸，怀着肃穆之情参加展示国威的神圣而庄严的工作。我由参加者变为组织者，角色的不同，意识到肩上的担子重、责任大。那时，我刚20岁出头，是指挥部工作人员中最年轻的一个。我下定决心好好向老同志学习请教，全身心地投入，一丝不苟地工作，尽快熟悉情况，尽早进入角色。我又于1964年被调到市政府外事办公室工作，仍然没有离开国庆群众游行的组织工作。经过多年的积极努力和实践磨炼，对节日的筹备工作，从不懂到懂，从不熟悉到熟悉，从生手到老手，从掌握一部分工作到有时候掌握较全面的工作，从教训中得到经验。

我在指挥部一直负责组织工作，对于如何科学地组织游行队伍深有所感。指挥员在战场上指挥千军万马是一门军事学。把分散在全市各区县上千个单位几十万人的游行队伍，在方向不一、距离不等、交通工具不同（乘坐火车、汽车，徒步）的情况下，按规定时间组织调遣到指定集合地点。并保证两小时内所有游行队伍通过天安门广场，接受党和国家领导人的检阅，这也可以说是一门组织科学。要有指挥的才能，果断的魄力，周密的计划，科学的安排，严密的组织，严格的要求，把握游行队伍的集合、行进、疏散的规律，才能完成这项艰巨的任务。

国庆群众游行指挥部是一个庞大的组织机构，内设若干个组，下设十几个分指挥部，各有不同的工作任务。把这些有着不同分工的组联合在一起，互相沟通，互相配合，互相帮助，协同一致完成一个几十万大军组成的游行队伍，浩浩荡荡的容光焕发地通过天安门，需要根据各种队伍不同的特点，采取不同的表演形式，互相有序地配合，才能构成一个游行整体的画面。在游行队伍进行中，仪仗队走在最前面，身着统一庄重的服装，抬着国徽、年号和大型横幅标语，双手托举着鲜艳的五星红旗，踩着乐曲的节拍，踏着整齐豪迈的步伐，阔步通过天安门；工人队伍，用大型标语牌写着工业生产成就，敲锣打鼓，向毛主席报喜；农民队伍，用彩车装着猪、羊、奶牛、大鸡、大鸭和蔬菜的模型，显示出五谷丰登的繁荣景象；机关队伍，抬着数百个大型图表模型，用数字展示国家取得的成就；居民队伍，采用不同方式，有的打出标语，有的喊出口号，反映出爱国家、拥护党的心意；学生队伍，高呼"科教兴国、向学习进军、向科学进军"的口号，显示勇攀高峰的精神；体育大队，精神抖擞地踩着《运动员进行曲》的节奏，迈着整齐有力的步伐，高喊"锻炼身体、保卫祖国"的口号，展现出健壮的体魄；文艺大队，身着五彩缤纷的服装，随着优美的乐曲，载歌载舞，花枝招展地通过天安门；少先队，身着队服，踩着《我们是共产主义接班人》乐曲的节拍，高喊"好好学习、天天向上"的口号，反映出国家后继有人的心声。这数十万的游行大军，以不同方式，反映出时代特征的画面，展示出国家发展、前进、富强、国泰民安的景象。多年来，我怀着崇敬热爱之心，不知辛劳，忘我工作。每当完成任务之时，我都欣喜不已。

国庆群众游行包含着重大的政治意义。对外交往方面，有力地宣扬了崛起的东方巨龙精神，显示了国威，增强了国际团结，促进世界发展进步。在国内，这些场面庄严而又有声有色，斑斓夺目又绚丽多彩的文化大演练，起着教育人民、团结人民，激励高尚情操，提高人民素质的作用，鼓舞着亿万群众团结一心、奋勇前进，建设社会主义强国。

新中国成立至今，在天安门举行了 25 次国庆节活动，其中有阅兵式的 14 次，群众游行 25 次。我有幸参加 20 次，可以说国庆群众游行活动的筹备工作，伴随着我从青年步入中年再到老年至退休。参加国庆筹备工作的时间，累积起来占我工作时间的五分之一。经过多年摸索、改进、提高，已总结一套较系统成熟的游行组织方案，凝聚着许多人的心血和汗水。多年来为之付出许多辛苦，放弃了数不清的休息日，度过了无数个不眠之夜，在紧张、艰苦、劳累的过程中，也获得了组织国庆游行工作的经验。这是从书本中学不到的学问，这是人生最美好、最宝贵的财富，我为能参加这项工作感到荣耀和自豪。

由于工作的原因，我有幸见到毛主席、周总理等多位党和国家领导人，有时还直接向周总理请示汇报工作，聆听总理的谆谆教导。我非常激动，这种激动一直鼓舞和激励着自己奉献一生。

岁月倥偬，韶华易逝。转眼之间，就将迎来新中国成立70周年庆典。回忆往事，当年从事这项工作的同志，如今有的已经过世，有的病魔缠身，有的白发苍苍、记忆衰退、无力提笔写作，可以说我是较全过程的经历者，从游行的参加者到组织者，见证了国庆脚步。这些珍贵的国庆游行历史资料，不应轻易丢弃，尽管我年已八旬，还想到应为社会做点微薄贡献。于是看积累的资料，翻阅档案，写出这本小书，把这些珍贵的国庆筹备片断记下来，作为我一生最美好的回忆。

倪天祚

2019 年 6 月

大記憶 | 目录
亲历20次国庆庆典

I

# 1949：在家乡收听开国大典盛况

　　1949年10月1日，是一个永远被我们和后人铭记的日子。在新中国成立时，我还是浙江温州永嘉中学（现在的温州二中）的一个进步学生。温州是1949年5月7日解放的，在解放当天，为了记住这个具有历史意义的日子，我约了几个要好的同学，一起到照相馆里照了一张相，留作纪念。温州解放前，我是初中生，和高中同学经常有一些接触，他们曾给我看过一些共产党的标语、口号和传单。记得有一天晚上睡觉时，我在被窝里打着手电看，因为当时传给我材料时就说要千万保密，因此，我很注意不泄密。温州解放后，解放军进城，我们的学校和解放军驻地离得非常近，步行十来分钟就到了。我经常到他们那里去聊天，想多知道共产党的事，他们对我非常热情，主动向我介绍情况，并讲了解放浙江和温州等地区的情况。通过他们的介绍，我对共产党、解放军有了进一步的了解，回到学校向同学们做宣传。

温州解放当天与同学合影（后排中间为作者）

1949年10月开国大典前，我是从解放军那里知道要成立新中国这件事情的，开国大典那一天我和几个同学在一起，通过广播听大典的盛况。那时候我们也不清楚天安门在北京的哪里，只知道在天安门正在搞一个庆典，还有阅兵仪式，当时对阅兵的情况也不太清楚，只知道是解放军参加。当在广播里听到了开国大典的盛况时，我心潮澎湃，非常激动，全身心地倾听每个活动程序的细节，现仍记忆犹新，述说如下：

1949年10月1日下午3时，30万军民在天安门广场隆重举行中华人民共和国成立大会。当毛主席等党和国家领导人登上天安门城楼主席台时，林伯渠秘书长宣布开会，在代国歌《义勇军进行曲》的乐曲声中，毛主席庄严宣布："中华人民共和国中央人民政府已于今日成立了！"这个声音震动了世界。游行群众欢腾起来，齐声高呼："中华人民共和国万岁！""中央人民政府万岁！""毛主席万岁！"呼声震天动地。在代国歌的乐曲声中，毛主席亲自按动天安门广场国旗杆的电钮，升起了中华人民共和国第一面五星红旗。在那第一面国旗冉冉升起的时候，54 门礼炮，齐鸣 28 响，我听后刚想说这 54 门、28 响为何意？现场播音员的声音传来了，他介绍说这 54 门礼炮代表中国 54 个民族（根据当时统计数字），28 响象征着中国共产党领导人民英勇奋斗的 28 年。礼炮轰鸣，如报春惊雷回荡天地间。

升旗之后，毛主席宣读《中华人民共和国中央人民政府成立公告》：

> 自蒋介石国民党反动政府背叛祖国，勾结帝国主义，发动反革命战争以来，全国人民处于水深火热的情况之中。幸赖我人民解放军在全国人民援助之下，为保卫祖国的领土主权，为保卫人民的生命财产，为解除人民的痛苦和争取人民的权利，奋不顾身，英勇作战，得以消灭反动军队，推翻国民政府的反动统治。现在人民解放战争业已取得基本的胜利，全国大多数人民也已获得解放。在此基础之上，由全国各民主党派、各人民团

体、人民解放军、各地区、各民族、国外华侨及其他爱国民主分子的代表们所组成的中国人民政治协商会议第一届全体会议业已集会，代表全国人民的意志，制定了中华人民共和国中央人民政府组织法……组成中央人民政府委员会，宣告中华人民共和国的成立，并决定北京为中华人民共和国的首都。中华人民共和国中央人民政府委员会于本日在首都就职，一致决议：宣告中华人民共和国中央人民政府的成立，接受中国人民政治协商会议共同纲领为本政府的施政方针……

最后，他说："中央人民政府是代表中华人民共和国全国人民的唯一合法政府……"

公告宣读完毕，林伯渠秘书长宣布阅兵式开始。在《三大纪律八项注意》《军队和老百姓》《保卫胜利果实》等军乐乐曲的连续鸣奏中，朱德总司令由聂荣臻总指挥乘车陪同，检阅了肃立式受阅的三军部队。当朱总司令向指战员问好时，指战员齐声响亮地回答："祝总司令健康！"接着，朱总司令重登天安门城楼主席台，宣读《中国人民解放军总部命令》：

中华人民共和国的武装部队，今天和全体人民在一起，共同来庆祝中华人民共和国中央人民政府的成立。

我们中华人民共和国的武装部队，在反对美国帝国主义所援助的蒋介石反动政府的革命战争中，已经取得了伟大的胜利。敌人的大部分已经被歼灭，全国的大部分国土已经解放。这是我们全体战斗员、指挥员、政治工作人员和后勤工作人员一致努力英勇奋斗的结果。我向你们表示热烈的庆祝和感谢。

但是现在我们的战斗任务还没有最后完成。残余的敌人还在继续勾结外国侵略者，进行反抗中华人民共和国的反革命活动。我们必须继续努力，实现人民解放战争的最后目的。

我命令中国人民解放军全体指战员、工作人员，坚决执行中央人民政府和伟大的人民领袖毛主席的一切命令，迅速肃清国民党反动军队的残余，解放一切尚未解放的国土，同时肃清土匪和其他一切反革命匪徒，镇压他们的一切反抗和捣乱行为……

宣读命令完毕，随后，开始行进式阅兵和群众游行。

不断地听到人们不停地高呼："毛主席万岁！""中国共产党万岁！""中华人民共和国万岁！"欢呼声此起彼伏。同时，也听到毛主席高呼："人民万岁！""同志们万岁！"的洪亮声音。此后，听人家说，毛主席为什么高呼"人民万岁！"意思是要把人民当家作主的权利，一代一代地传下去，保证江山永不变色。

1949 年开国大典的天安门广场

　　当广播大典结束后，我的心情仍沉浸在盛况中，激动不已，热泪盈眶。新中国成立了，心中也有了无穷的力量。当时，我不经心地想，假如将来有一天，我能去首都北京亲自参加国庆节的游行活动该多好啊！1951 年 8 月，组织上抽调我到首都北京中央团校学习（当时我是青年团的干部），到了北京后，第一件事就想去看看天安门是什么样的。在中央团校的第一个星期天，吃了早饭（当时团校规定星期天吃两顿饭），我约了几个同学，步行走了一个多小时来到天安门。一看天安门是多么的宏伟壮观！天安门城楼悬挂着毛主席戴着八角帽的巨幅画像，两侧有"中华人民共和国万岁""中央人民政府万岁"（后改为"世界人民大团结万岁"）大幅标语。我们就在天安门前金水桥上席地而坐。当时，我想了许多，想到在开国大典那天，游行集会的场面该是何等的伟大壮观和热烈。我们在那里待了一个多小时才回团校。

同年10月1日参加了国庆二周年群众游行活动，我高兴极了。没想到只隔两年，我的愿望竟然实现了。从中央团校学习毕业之后，调到北京市人民政府工作时，曾多次有幸参加国庆的筹备工作。学生时所听开国大典的盛况，虽然已过去了60多个年头，但这种声音永远回荡在我耳边。

# 1951：第一次参加国庆游行

1951年8月，我从浙江温州永嘉中学（现温州二中）到北京中央团校学习。不久，学校领导宣布团校的全体学员参加国庆二周年游行。大家听到这个喜讯特别高兴，都想在节日当天，能在天安门城楼上看到毛主席等党和国家领导人，大家一直盼望着这一天的到来。

一

节日临近，大家都为游行做准备。学习游行队伍注意事项，排练队伍，制作横幅标语，在四五米长的红布上写有"庆祝中华人民共和国国庆节！""向中国人民解放军致敬！""向中国人民志愿军致敬！""中苏友好万岁！"等，在红布的两端缝一个套，用两根竹竿套进，就成一条条横标。看似简陋，但意义深远。

节日前夕，我们大家都很兴奋，晚上迟迟不能入睡，都在议论第二天看到毛主席的事。当我们入睡不久，起床铃声响了，很快起来，那时天还很黑。大家吃了早饭，每个人领了一份馒头、窝头、咸菜简单的午餐，就集合队伍出发了，中央团校属于团中央，编入国家机关队伍。我记得集合地点在东城区北河沿附近。到达集合地点大家都坐在马路上休息。

到上午10点，从广播里听到中央人民政府秘书长林伯渠宣布庆祝典礼开始，全场肃立，军乐队演奏国歌，礼炮齐鸣28响。阅兵式开始，阅兵式由中央人民政府人民革命军事委员会代理总参谋长聂荣臻任总指挥，中国人民解放军总司令朱德乘车检阅了全体受阅部队。检阅后，朱总司令登上天安门城楼检阅台，宣读《中国人民解放军总部命令》。命令中总结了共和国成立两周年以来，我们已经完全解放了祖国的大陆，巩固了人民民主专政。国家和全国人民一道共同努力，在经济建设、稳定物价、恢复工商业、土地改革、镇压反革命、发展文化教育事业等方面都取得了巨大的成就。并与朝鲜人民并肩作战，打击美帝国主义侵略，保卫了祖国的安全。指出美帝国主义亡我之心未死，在积极地准备新的战争。

为此，命令全军要警惕地站好战斗岗位，进一步加强国防建设，要认真学习，熟练掌握新的技术，学会诸兵种联合作战的本领，提高现代军事科学指挥艺术的水平，加强各种工作的计划性、组织性和准确性。巩固和提高军事纪律，为建设一支强大的现代化国防军而奋斗！为解放台湾、澎湖、金门诸岛，完成统一全中国的伟大事业而奋斗！为保卫祖国安全，为统一祖国神圣的领土而奋斗！

命令宣读完毕后，开始进行武装部队分列式，走在最前面的部队是中国人民解放军军事学院的学员，接着是中国人民解放军高级步兵学校的学员，随后是民兵大队、骑兵部队、防空兵部队、牵引炮兵部队、摩托化步兵部队，最后是装甲兵部队。还有人民空军的各式飞机一批一批凌空而过。

阅兵式结束后，群众游行开始，领先的是少先队队伍，随后是产业工人和建筑工人队伍，接着是农民队伍、各民主党派、各人民团体和机关队伍，学校队伍，最后是首都各文艺团体队伍。

当时，我们的队伍走得很慢，走走停停，走到天安门前东三座门，我们这路队伍进三座门北边的门洞，三座门中间的门洞和南边的门洞各有一路，三座门北侧的马路和南侧的马路也各有一路，总共五路队伍通过天安门广场。当时，天安门前的马路很窄，只有30多米宽，不像现在的马路有100米宽。我们这路队伍靠近天安门，能比较清楚地看到天安门城楼。

当我们看到毛主席等党和国家领导人时，非常激动，热血沸腾，一直高呼毛主席万岁！把嗓子都喊哑了，我们停在天安门前，想多看几眼毛主席。毛主席手拿帽子向我们挥手致意。这时，领队催我们快走。我们总是恋恋不舍，边走边回头看，直到走出西三座门门洞，看不到天安门城楼了。

1951 年在中央团校学习的学员合影（后排中间为作者）

在队伍行进中，我看到有的群众抬着孙中山、毛泽东、刘少奇、周恩来、朱德的画像和马克思、恩格斯、列宁、斯大林的画像；有的群众高举兄弟国家领导人的画像，有金日成、胡志明、皮克、霍查等；还有不少我都不认识。

在队伍中看到有不少群众打着横幅标语，标语上写着："庆祝中朝人民的胜利！""向朝鲜人民军致敬！""向越南人民军致敬！""反对美国侵略台湾！""反对美国侵略朝鲜！""反对美国非法对日和约！""反对美国继续占领日本！""反对美国重新武装日本！""加强抗美援朝，打败美国侵略！""努力推行爱国公约！""努力完成爱国捐献计划！""肃清反革命分子！""肃清帝国主义间谍！""完成土地改革！""消灭封建制度！""加强人民民主统一战线！""彻底完成共同纲领！""全国各民族团结万岁！""中国人民大团结万岁！""亚洲人民大团结万岁！""世界人民大团结万岁！""中华人民共和国万岁！""中国共产党万岁！""毛主席万岁！"等内涵很多的标语。

1951 年准备参加国庆游行的群众

在队伍中还看到有的群众打着国旗、红旗和单位旗。游行群众的穿着非常朴素，男同志身穿蓝色中山服，女同志身穿蓝色列宁服，没有看到有人穿花衣服，队伍全是清一色。但是，游行群众的热情很高。我们回到中央团校时，天已快黑了，大家又饿又渴，晚饭吃的是高粱米稀饭，那时没有丰盛的晚餐表示庆贺，但大家吃得很香。边吃边谈论在天安门城楼上看到毛主席的情况，心情一直平静不下来。晚饭后，仍是谈论这个话题，一直谈到熄灯睡觉。

我第一次参加国庆游行，很有感受：通过阅兵和群众游行，给刚刚建立起新中国的人民以极大的士气鼓舞，大振国威；给刚刚进行一年的抗美援朝战争以极大的支持，大振军威；是对美国侵略朝鲜的强烈抗议和示威；对于我们游行的参加者，极大地激发起爱国热情，振奋民族精神。从心眼里感受到中国人民站起来了，对党的无限热爱和对祖国的无限忠诚，对新政权的无限拥护，对领袖的无限爱戴。把庆典看作是个人和新中国一起成长的标志。

## 二

追溯在 1950 年国庆节前夕，公安部门破获一起惊心动魄的外国间谍特务，企图在节日当天炮击天安门大案。

北平刚刚解放，帝国主义穷凶极恶，费尽心机，国内反动势力也蠢蠢欲动，他们企图将新生的中国扼杀在摇篮里。因而，间谍特务破坏活动频繁，为保卫节日安全，公安部门高度警惕，日以继夜，深入细致开展工作。发现有人秘密丈量天安门至司法部街（现在人民大会堂处）的距离。通过侦查，获得一份外国人绘制的天安门草图，图上以弧线标出命中天安门城楼主席台的弹击点。经进一步缜密侦查，在条件差、困难多的情况下，破获一起外国间谍特务多人准备在国庆节炮轰天安门大案。

主犯李安东，男，意大利人，原是意大利法西斯党的党徒，新中国成立之前，在中国贩卖军火，为国民党训练过空军，后勾结日本特务和美国特务，在华进行间谍活动。北平解放后，充当美国间谍，利用商务活动做掩护，搜集情报。

另一主犯山口隆一，男，日本人，1946年投靠美国情报机关，任情报员。北平解放后，与李安东一起搜集情报。李安东和山口隆一密谋策划在新中国成立一周年庆典之际炮击天安门，杀害我国领导人。他们备置八二迫击炮一门、手枪一支，步枪和手枪子弹235发，手榴弹和炮弹等武器。

公安部门掌握了大量证据之后，及时于1950年9月26日将主犯李安东和山口隆一及同案犯魏智·亨利（法）、马迪儒（意）、甘斯纳（德）、哲立（意）、马新清（中）等五人逮捕。使敌人罪恶企图未能得逞。经过11个月的审理，于1951年8月17日，北京市军管会军法处依法判处主犯李安东、山口隆一死刑，立即执行，同案犯分别判处无期和有期徒刑。有力地保卫了国庆节的安全。

由于公安机关的机警侦破，沉重打击了外国间谍的嚣张气焰，保卫了国家尊严，保卫了领袖安全。这一重大胜利，大长了中国人民志气，破灭了帝国主义威风。此案破获公布后，全国人民大为惊喜，为国家强大欢呼，为公安机关高超能力喝彩。人民感谢公安机关辛勤工作，也深深地感到国庆节安保工作的重要。

这一大案的破获，震惊了全国，震撼了世界。人们看到贫穷落后的中国人民站起来了，一个强悍红色的中国屹立在世界东方。

# 1956：第一次参与国庆筹备工作

1956 年，当时我在北京市人民政府机关团委工作。团委书记何平同志每年都参加国庆节群众游行指挥部的筹备，任指挥部办公室副主任，负责群众游行的组织工作。因人手不够，要我也去参加节日筹备工作。我认为这项工作意义重大，很高兴地去了。

那时，我刚 20 岁出头，是指挥部工作人员中最年轻的一个。我由于从 1951 年国庆节开始就参加每年的国庆群众游行，所以，对游行队伍的组织工作不感陌生，很有兴趣。我全身心地投入这项工作。

我到指挥部后，有一个愿望，是好好向老同志学习，尽快熟悉情况，尽早进入角色。下决心从一听、二看、三学干做起：

一听，就是虚心听取指挥部老同志介绍历次游行队伍组织工作和队伍序列的情况。他们说：游行队伍是工人打头，这是体现我国是工人阶级领导的国家，仪仗队也是由工人为主组成；工商界要单独组织队伍，这是体现我国四个阶级的联盟；城区市民队伍中要组织宗教界人士，这是体现了党的宗教政策；等等。自己对队伍的组织工作有一个初步的了解。

二看，我认真地查阅了历届"五一节""国庆节"群众游行队伍组织工作的档案资料，了解历次组织工作中的经验、教训和应注意的问题。特别是游行队伍如何顺利到达指定的集合地点，如何按照规定时间通过天安门广场，如何按计划疏散队伍等。

机关团委干部在天安门前合影（前排中间为作者）

三学干，我知道要想做好游行队伍的组织工作，必须熟悉北京市的地形和路况，全面准确地掌握城区各条街道、胡同位置和它的长度、宽度（包括便道）和高度（当时空中还有有轨电车线），及通往天安门广场的大小街道、胡同。为掌握第一手材料，在老同志的指导下，到现场察看每一条道路，并用皮尺丈量，做出标记，画出草图。特别对东西长安街路口与路口之间，电灯杆与电灯杆之间的距离，丈量得更加细致，做到心中有数。在听、看、学干的基础上，能够对游行队伍的组织方案和实施方法提出自己的意见和建议。

## 队伍排列

那一年国庆节组织50万群众游行。当时，天安门前东西三座门已被拆除，但马路中间仍存有有轨电车道。游行队伍由原来五路60人横排面，增加到八路84人横排面，即电车道为第五路，电车道北侧是一、二、三、四路，电车道南侧是六、七、八路。

国庆节游行队伍队容设计，主要有标语、模型、图表和彩车等形式，突出表现首都人民对祖国七年来建设获得的伟大成就，对中国共产党的第八次全国代表大会胜利闭幕的欢欣鼓舞心情和对进一步建设社会主义的伟大信心和力量。

游行队伍分为11种：

仪仗队：抬着国徽＋"1949—1956"的立体金字和国徽＋"庆祝国庆""庆祝社会主义的伟大胜利""庆祝中国共产党第八次全国代表大会成功""中华人民共和国万岁""中国共产党万岁""我们一定解放台湾""和平万岁"等字标。

1956年雨中的国庆群众游行现场

少先队：抬着"时刻准备着""我们热爱和平"字标和大花篮等。

工人队伍：抬着"庆祝社会主义的伟大胜利""争取超额完成第一个五年计划""感谢各国工人阶级和人民对我们的支援"字标和自制喷气式飞机模型、12000瓦汽轮电机模型、和平型新式蒸汽机模型等。

农民队伍：抬着小麦、玉米、棉花、蔬菜、水果五个大模型等。

手工业生产合作社队伍：抬着用绒绢纸花制成的"大花篮"，用纸浆仿造的"象牙雕刻品""玉器""雕漆""珐琅瓶"等。

工商界队伍：抬着"人民民主统一战线万岁""为彻底完成社会主义改造而奋斗"字标等。

机关队伍：抬着自己设计的氧气炼钢转炉模型和4500吨沿海油轮模型、石油总产值提前15个月完成五年计划的指标图表等。

城区队伍：有少数民族代表和宗教界人士。

学校队伍：抬着"民族大团结万岁"字标，"百花齐放"的大荷花模型和高举着"向科学进军"的大字标语牌，高举着我国古代名医李时珍、华佗等人的画像等。

文艺大队：表演狮子舞，48只雄狮争抢八个绣球和表演民族大团结舞，龙舞，旱船及14部大型戏剧彩车等。

体育大队：表演藤圈操、球棒操、彩绸操、哑铃操和棍棒操等。

各路队伍丰富多彩地表现出七年来国家建设的成就和人民斗志昂扬的精神。

## 外宾反映

游行时，遇到雨天，因道路泥泞，有的地面积水，游行群众手持的纸花，抬的图表和模型有的被风雨打湿毁坏。群众大多没有雨伞，全身被雨淋透了，使原来的丰富多彩的队容减少了几分绚色。但是，数十万群众游行队伍通过天安门广场时，精神状态毫无减色。他们欢呼毛主席万岁的口号声震天动地，以雄赳赳、气昂昂的气势和整齐的步伐走过天安门广场。文艺大队和体育大队在雨中进行表演。接受毛主席等党和国家领导人的检阅。

在天安门观礼台上的来宾，被这种冒雨照常游行的壮观场面所震撼。事后，听到许多外宾说："你们再完成几个五年计划，中国将是世界上最强大的国家。"印度尼西亚总统苏加诺在天安门城楼上指着游行队伍对毛主席说："与其说是人民在前进，不如说是历史在前进。今天我很感动，你们的组织能力真了不起。"事后，苏加诺对随行人员说："我真没有想到中国人民组织得如此好，如此巨大。"尼泊尔首相阿查里雅说："对中国人民的组织性表示钦佩。"尼泊尔一家报社编辑说："从未见过这样大的游行场面，中国人团结得像一个人一样。"

日本青年团协议会代表团团长说："中国是一个伟大的国

家，奇怪的是还有人不让中国加入联合国，奇怪的是日本政府还不和中国恢复邦交。游行队伍反映出中国七年来的伟大成就，告诉了我们，中国正在进行着和平建设。"日本国会议员促进日中贸易联盟访华团一团员说："象征中国人民团结一致的游行，使我深深地感动，我完全领会了新中国。中国的领导人和政治家得到群众这样的信任，中国太幸福了。"日本青年与妇女访华代表团一团员说："从游行队伍中使我体会了中国人民的动力在哪里，中国如何得到如此的进步，也使我了解到这个进步是和马列主义的指导分不开的。"还有一个团员波多野顺次说："在日本时，我听说中国国庆节是强迫群众参加游行的，这次我亲眼看到了中国人民参加游行是真正出于自愿，并且热情都很高。"另一团员说："看到在雨中游行，群众的情绪仍然那样高涨，从这里可以看到中国人民是从心眼里的高兴。"

意大利文化代表团一团员米兰大学校长说："这是一个辉煌的场面，特别是人民的兴奋心情感动了我。"又说："这是一个有前途的国家，回国后，我一定要在国会里讲话，要求承认中国，我是国会议员。"

新加坡贸易考察团一团员说："看到这样的游行场面，有些人会害怕，再也不敢来欺侮中国了。"该团员还对另一团员（新加坡国民党主要分子）庄惠泉说："你们天天都喊要反攻大陆，只要回来看看这个场面就够了。"

英国国际贸易促进会主席说："这种场面最好请美国总统艾森豪威尔来中国看看。"英国煤矿工会代表团一团员说："1952年我来中国参加过国庆观礼。今天的游行场面与1952年比，更加丰富，质量更高，没有想到几年来中国的进步太大了。"

西德核子物理学专家克隆说："游行组织得壮观、美丽，是我一生中所看见的最伟大的一次游行。"又惊奇地说："中国人的组织性很强。"

比利时和平代表团一团员说："谁如果看到这种情景不感动，那就请他进修道院吧。"

刚刚建设起步的祖国，通过国庆观礼，能够得到外国人如此的好评，使得我们震惊，从而更增强了我们建设好祖国的力量。

## 几点感受

初次参加国庆群众游行筹备工作，使我深刻地感受到：

1. 从外宾对节日游行的反映感受到，群众游行是中国对外的一个极好的宣传橱窗。前来观礼的众多外国人和海外华人，当听到游行群众通过天安门时的欢呼，看到那一张张花儿般绽放的笑脸，他们真切地体验到了：中国人向世界展现了一个伟大的中国。这欢呼和笑脸表达了他们对这个国家的热爱，对政权的拥护，对领袖的爱戴。世界借这个窗口感知到了"竹幕"后面中国的脉搏有力强大。它向世界传达了让人振奋的信息，中国人民是团结的；政权是广大群众衷心拥护的；毛泽东享有无比崇高的威望。那宏伟壮观的游行场面代表了中国的形象。

2. 节日游行，使中国人民从中受到教育。参加游行的群众，他们在游行队伍中感到了集体的力量，溶入在这集体之中。健壮的步伐、整齐的列队、节奏的音乐，使人肃穆，感受到祖国的强大。经受一次生动的爱国主义、集体主义和组织纪律性的教育。游行群众深知自己的使命重大和光荣，产生出勇往直前的精神。

3. 游行群众的组织纪律性很强，听从指挥，临危不乱。在倾盆大雨中浑身湿透，道路泥泞的情况下，游行队伍能听从指挥，有秩序，不慌乱，有条不紊地接受党和国家领导人的检阅。做到了彭真市长指出的"集会或游行期间，如果发生意外事件，大会照常进行。不论是下雨、下刀子、扔炸弹、甩原子弹都绝对不能乱"的要求，以军人的姿态压倒困难。表现出中国人民的勇气、志气和骨气。从而，看到国家未来发展的希望。

4. 参加游行的群众有苦也有累，还感到幸福。为很好地完成任务，仪仗队、文艺大队和体育大队的人员，在国庆节前几天的两个午夜，要到天安门进行实地排练。他们穿着正式游行时的表演服、泳装、体操服、短裙等，在深秋午夜的寒风吹袭下，很冷，仍坚持排练，一般要排练两遍。他们回家时往往已是凌晨三四点钟了。参加排练的人员说：虽然天气很冷，又累、又困，但一想到"十一"当天通过天安门接受党和国家领导人检阅的时刻，就精神倍增，感到幸福。

5. 勤俭办事。贯穿在整个节日工作之中，在指挥部里大家都很注意节约，少花钱、多办事的思想突出。游行群众手持的纸花，是动员群众自己制作的。节日前，在天安门广场组织仪仗队、文艺大队、体育大队共22000人，进行两次实地演习，每次每人夜餐费三角，共需夜餐费13200元，就这点钱，也要打报告请彭真市长审批。指挥部的工作人员吃夜宵，每人发两个烧饼，喝点热水。演习人员只能喝马路边临时安装的自来水。大家都非常节省。

6. 受到教育，得到锻炼。从冒雨游行中看到群众不怕困难，勇往直前的爱国主义和集体主义精神，自己深受教育。工作中在老同志的帮助下，能使自己沉着冷静，积极应对，处理好遇到的问题，从而使自己的组织能力得到锻炼，群众观点得到升华，实事求是的工作作风得到提高。这一切对自己后来的工作非常有益。

这种情形，虽已过去了半个多世纪，至今难以忘怀。

# 1959：国庆 10 周年庆祝活动中的节俭细节

　　20 世纪 50 年代后期，我在北京市人民政府机关工作期间，曾有幸参加新中国成立 10 周年庆祝活动的筹备工作。这次活动是当时历次国庆最隆重、规模最大的庆祝活动。活动的内容之多，参加的范围之广，都是历次活动罕见的。

　　我记得，当时同中国建交的国家有 33 个。前来参加国庆 10 周年庆祝活动的外国代表团，有社会主义国家党政代表团 11 个；有亚非国家的政府代表团 8 个；有非执政的兄弟党代表团 49 个。其中，苏联共产党中央委员会第一书记、苏联部长会议主席尼·谢·赫鲁晓夫，越南劳动党中央委员会主席兼总书记、越南民主共和国主席胡志明，捷克斯洛伐克共产党中央委员会第一书记、捷克斯洛伐克共和国总统安·诺沃提尼，朝鲜劳动党中央委员会委员长、朝鲜民主主义人民共和国内阁首相金日成，蒙古人民革命党中央委员会第一书记、蒙古人民共和国部长会议主席尤·泽登巴尔，波兰统一工人党中央委员会政治局委员、波兰人民共和国国务委员会主席亚·萨瓦茨基，匈牙利人民共和国主席团主席道比·伊斯特万，保加利亚共产党中央委员会政治局委员、保加利亚人民共和国国民议会主席团主席吉·加涅夫，阿尔巴尼亚劳动党中央委员会政治局委员、阿尔巴尼亚人民共和国部长会议主席穆·谢胡，德国统一社会党和中央委员会政治局委员、德意志民主共和国人民议院主席团第一副主席

1959年国庆庆典，城区妇女和儿童兴高采烈地行进在游行队伍中

赫·马特恩，罗马尼亚工人党中央委员会政治局委员、罗马尼亚人民共和国部长会议副主席埃·波德纳拉希等社会主义国家主要领导人都参加了庆祝活动。

外国代表团到京的礼宾规格，是社会主义国家代表团团长检阅陆、海、空三军仪仗队；亚非国家政府代表团团长检阅陆军仪仗队。另外，还组织数千名群众迎送。

国庆十周年庆祝活动主要有三项：

## 一、庆祝大会

### 请　柬

为庆祝中华人民共和国成立十周年定于一九五九年九月二十八日下午三时半在人民大会堂举行庆祝大会敬请

光临

毛泽东　刘少奇　宋庆龄

董必武　朱　德　周恩来

1959年9月28日下午3时半，国庆10周年庆祝大会在人民大会堂举行，参加庆祝大会的有1万多人。除毛泽东主席、刘少奇主席、宋庆龄副主席、董必武副主席、朱德委员长、周恩来总理、邓小平总书记等党和国家领导人以外，还有中央党政军各单位负责人，全国人大代表、全国政协委员、各民主党派负责人、各知名人士，北京市负责人、劳模、军队、少数民族、体育、归国华侨和港澳同胞代表团成员。

应邀参加庆祝大会的外宾来自78个国家，共2000多人，除社会主义国家党政代表团，亚非国家政府代表团，及非执政国家兄弟党代表团外，还有国际组织代表团，苏、朝、越军事代表团，社会主义国家劳动人民代表团，各国外交使节，外国专家，各有关部门邀请的文化、贸易代表团，以及各国民间性友好团体和进步人士。

庆祝大会的程序是：

刘少奇主席主持庆祝大会并致开幕词，他在开幕词中首先向远道前来参加新中国国庆10周年典礼的来宾们，向苏联和社会主义各国的领导同志们，向各国共产党的代表同志们，向来自世界各国的朋友们，表示感谢和欢迎。刘少奇指出，中华人民共和国的成立开辟了中国历史的社会主义新时代，10年来我们迅速地取得了社会主义革命的伟大胜利，我国的社会主义建设事业正在高速度地向前发展。他说："我们在建设中的跃进还只是开始。在我们的面前，还有非常巨大的任务。为了完成这样巨大的任务，我们必须不断地巩固和加强中国人民的大团结和世界人民的大团结。"他指出："以苏联为首的社会主义阵营各国，一贯地致力于缓和国际紧张局势和争取世界持久和平。由于全世界爱好和平的政府和人民的努力，和平的要求正在一天天深入各国的人心。我国的六亿五千万人民在过去十年中一贯站在维护亚洲和平和世界和平的最前线，在今后也将继续为和平事业，为各国人民互相友好的事业，同全世界一切和平力量携手奋斗。"刘少奇的讲话一再为热烈的掌声所打断。

中国国民党革命委员会主席李济深代表各民主党派、无党派民主人士和中华全国工商业联合会，向毛泽东主席致献词。献词说，历史的事实已经作了证明，以中国共产党为领导的人民民主统一战线不仅在人民民主革命中起了重大的作用，在社会主义革命的时代还会继续发挥它的作用。我们一定要紧密地团结在您和中国共产党的周围，永远跟着您和党走。

在全场一阵又一阵的热烈欢迎掌声中，苏联、社会主义各国党政代表团和17个兄弟党代表团的团长及代表应邀在大会上讲话。他们带着各国人民的崇高友谊，用最美好的语言赞扬中国人民革命的伟大历史意义，祝贺中国人民在社会主义建设中所取得的光辉成就。大会庄严、隆重、热烈。

## 二、国庆招待会

### 请　柬

为庆祝中华人民共和国成立十周年定于

一九五九年九月三十日（星期三）下午七时至九时

在人民大会堂宴会厅举行招待会敬请

光　临

毛泽东　刘少奇　宋庆龄

董必武　朱　德　周恩来

1959 年 9 月 30 日下午 7 时，国庆招待会在人民大会堂宴会厅举行，参加国庆招待会的有 5000 多人，除党和国家领导人外，中方和外宾参加的人员少于庆祝大会。

招待会的程序是：

由周恩来总理和赫鲁晓夫先后讲话。周恩来在讲话中代表中国人民、中国共产党和中国政府向出席宴会的外宾表示热烈的欢迎和感谢。他说，苏联和其他兄弟国家的领导同志，各兄弟党的领导同志，亚非友好国家的政府代表，以及其他各国的朋友们，带着深厚的友谊，不远千里而来，同我们一起来庆祝我们国家建立 10 周年，我代表中国人民、中国共产党和中国政府表示热烈的欢迎。周总理指出："10 年来，我们的国家发生了很大的变化。我们取得了社会主义革命的伟大胜利。我们在社会主义建设中取得了伟大成就。我们开始改变了中国的面貌……""可以确信，在中国共产党和毛泽东同志的领导下，不需要太长的时间，我们就能够把我国建设成为一个繁荣富强的社会主义国家……"周总理的讲话，引起全场热烈的掌声。

当时的宴会厅里座无虚席，气氛非常热烈，大家频频举杯，互致节日的祝贺，招待会进行到 9 点钟时，周恩来总理走上主席台向中外来宾祝酒，之后招待会结束。

我记得招待会的菜单：冷菜有桂花鸭、焗鸡、叉烧肉、挂炉鸭、凤尾鱼、酱牛肉、珊瑚白菜、炝黄瓜、红椒、姜汁扁豆、油焖笋、冬菇、鲍鱼等 13 种；热菜有烧四宝、口蘑烧鸡块两种；还有点心、水果、酒水饮料。内容是很丰盛的。

招待会的菜单为什么安排冷菜多，热菜少呢？因为宴会厅摆了 500 多张桌子，挤得满满的，服务员上菜不方便，冷菜可以在宴会之前摆好，招待会开始后，只上两道热菜比较方便，使热菜不会凉。

## 三、天安门观礼

**请　柬**

为庆祝中华人民共和国成立十周年，定于十月一日上午十时在天安门举行阅兵与群众游行庆祝大会。届时敬请

光　临

庆祝中华人民共和国建国十周年筹备委员会

节日当天，天安门组织 50 万人的阅兵与群众游行庆祝活动。

阅兵与游行庆祝程序是：

上午 10 时整，中共中央政治局委员、北京市市长彭真宣布国庆大典开始，接着升国旗、奏国歌、鸣礼炮，彭真同志讲话之后，阅兵式、群众游行，最后，在广场的 10 万群众一齐涌向天安门金水桥前向毛主席欢呼，大会结束。

参加受阅的部队有陆、海、空三军。阅兵式分为两个部分，即"检阅式"和"分列式"。检阅式是指受阅部队在静止状态下，接受阅兵司令员的检阅；分列式则是指受阅部队在行进状态下，接受党和国家领导人的检阅。

阅兵结束之后，群众游行开始。由 15000 名工人、学生组成的仪仗队，抬着"庆祝中华人民共和国成立十周年"的横幅大标语，十个金色的插满鲜花的花篮，托着巨大的国徽，由民族学院组成的大学生身穿各民族的 56 种服装，围在国徽的四周，阔步前进，象征着祖国无限光辉美丽的情景，几幅彩色的图表，记载着钢、煤、粮、棉十年来跃进的数字，千百面红旗，迎风招展。

少先队，用十朵巨大的牡丹花环绕在镰刀斧头党旗的周边，红花绿叶拱托着一篮大寿桃，寿桃间镶着"祖国万岁"四个金字，孩子们举着"为共产主义奋斗"的字标，1400名少先队员跟随着毛主席巨大的塑像前进，纱灯形状的气球上面写着"天天向上"四个大字从花的波浪中腾空而起。从人群中飞出上千只鸽子，在纱灯周围翻舞。五光十色的气球，像一片彩云徐徐飘过蔚蓝的晴空。

工人队伍，首先是钢铁煤炭战线上的职工，围绕着大型高炉、平炉、转炉、小高炉的模型前进，高炉旁的烟囱里喷出阵阵烟雾，在一块标语牌上写着"1949 年全国钢产量十五万八千吨，而这个数字相等于目前三四天的产量"（指1959 年）。一个黑晶发亮的庞然大物——煤块的模型，被彩车载着出现在煤矿工人队伍里，在彩色标语牌上写着"今年内矿工们将要把相等于 1949 年十倍的煤炭，从地下挖掘出来"。

1959年国庆庆典，工人队伍中以彩车和巨幅图表模型展现
工业战线的成就

　　建筑工人抬着一座座高大建筑的模型，其中有人民大会堂、民族文化宫、军事博物馆和农业展览馆等。上百个工人抬着"为今年完成第二个五年计划而奋斗""为在十年左右时间内在主要工业产品的产量赶上英国而奋斗"的标语牌。

　　北京汽车制造厂，把自己新试制成功的汽车100辆，排成10×10的方阵驶过天安门，向毛主席报喜。

　　农民队伍显示出五业俱兴、五谷丰登的繁荣景象，两个巨大的标语牌"人民公社万岁""为提前和超额完成十二年农业纲要四十条而奋斗"纵贯在整个农民队伍的头尾。在人民公社的队伍里，还有着十三陵水库、怀柔水库、密云水库的英雄建设者们抬着这三个水库的图表，向党和毛主席汇报。副食品生产基地的队伍中出现家畜家禽的模型，肥胖的猪、羊、奶牛、大鸡、大鸭，引起人们一片笑声。

机关队伍中有国民经济各部门制作的大型图表模型320多个，色彩鲜明、主题突出、内容丰富，周围围着几千面红旗，几万株花朵，犹如一个活动的展览会，用数字和形象显示出我国十年来的伟大成就。参加游行队伍的有部长、司局长、处科长、一般干部、工勤人员、各民主党派人士、高级知识分子等。

首都民兵师队伍，由工人、农民、干部、学生共12000多人组成，包括战斗兵、通讯兵、卫生兵等兵种，配备有步枪、轻重机枪、六〇炮、迫击炮等轻重武器。成为人民解放军的强大助手，担负起保卫祖国社会主义大厦的光荣职责。

文艺大队，抬着"文艺为社会主义服务"的标语牌，20辆彩车上扮演着反映"大跃进"的话剧"降龙伏虎"，反映新四军取得胜利的话剧"东进序曲"，还有京剧"穆桂英挂帅"、汉剧"二度梅"、越剧"红楼梦"等优秀剧目的舞台片段。由600名少女组成羽毛丰满的大孔雀翩翩起舞，临到天安门前，孔雀开屏，犹如一幅绚丽多彩的图案，八只开屏的小孔雀，在孔雀屏上写着八个大字"百花齐放、百家争鸣"。队伍里还表演河北落子舞、伞扇舞、太平鼓舞、狮舞、龙舞（9条大龙）等。

清华大学师生驾驶着自行研制的微型小汽车，向人民汇报科研成果

体育大队，有创新运动纪录的全国 28 个省、市、自治区和中国人民解放军的代表，其中有运动健将、全国冠军。他们穿着各种颜色的运动衣，步伐整齐地挥舞着火炬、藤圈、棍棒和哑铃。在汽车和摩托车上表演木马、双杠、吊环等。运动造型布置在一个 10 平方米大的大花坛上，周围又由几十名身着粉红色体操服的女学生表演各种翻花动作，吸引了许多观礼者的注意。

游行队伍中还有工商界队伍、城区队伍和学生队伍。

在天安门广场安排了 10 万群众组成国徽＋"1949—1959"图形（左边是 1949 年字样，中间是国徽图案，右边是 1959 年字样）和"毛主席万岁"的标语及"旭日东升"的图案。

天安门广场北侧上空悬挂五个大宫灯气球，上写"毛主席万岁"五个金色大字，广场东、西、南三侧上空悬挂 12 个气球，垂挂下 12 条大幅标语。整个天安门呈现出一片宏伟壮观的景象。

在天安门城楼检阅台上，有党和国家领导人与外国代表团成员共 600 多人检阅，其中我方人员 300 多人，外宾 200 多人。

安排在天安门前东、西和左、右观礼台上有 2 万多人观礼。

宏伟热烈的游行场面，博得人民欢呼和外宾的赞扬。苏联赫鲁晓夫对彭真说："我们应该感谢你，是你挂帅，游行组织得很好。"罗马尼亚波德纳拉希说："这不是一个简单的平常能看到的游行，这是十年来工作的成果，群众的热情是发自内心的。"阿尔巴尼亚谢胡说："如果不能亲眼看到这一热烈雄壮的场面，只听别人讲是无法相信的，在这里可以更清楚地理解到中国共产党和毛泽东同志领导的英明和正确。"罗马尼亚代表团秘书说："场面太伟大，可惜只有两只眼睛，必须要有八只、十只才能更好地欣赏这样美好、伟大的场面。"

加纳贸易代表团团长向新华社记者发表感想说："这次游行给我的印象很深刻，你们不仅在工业方面，而且在农业、文化、社会等各方面都获得了巨大成就。"巴西新闻工作者书纳尔夫人激动地流下了眼泪，认为这是她一生中从来没有见到过的伟大场面，表示敬佩伟大中国人民的组织能力。尼泊尔代表团团长说："今天是我平生中看到的规模最大、组织得最好和内容最精彩的一次游行。"国际法协代表团团员盖斯特（英国）说："游行队伍有彩虹般的美丽，巨人般的力量和婴孩般的喜悦，我一辈子未见到过这样丰富多彩的壮丽游行场面。"蒙古劳动人民代表团中一位70多岁的老游击队员罗布桑达姆巴一直坚持观看，不肯离去，他说："看了这样的游行使我多活几年。"

晚上，在天安门广场举行数十万人的群众联欢焰火晚会。它是新中国成立以来空前盛大的联欢焰火晚会。国庆之夜，人们载歌载舞，沉浸在一片欢乐的海洋之中。

上天安门城楼检阅台观礼的和天安门前观礼台上观礼的人员范围与白天观礼相同。

### 四、勤俭办国庆

1959 年，我国正处于困难时期，国庆节的经费有限。因此，大家都本着勤俭办国庆的精神，处处事事精打细算，千方百计减少经费开支。尽量自己动手，有些道具能自己制作的，就不到市场上去买。如游行群众手持的纸花，都是群众自己制作的。仪仗队需要的一万束纸花也都是队员制作

1959 年国庆群众游行盛况

1959年国庆节群众游行指挥部部分人员在天安门前合影（右二为作者）

的，他们出工又出料，给国家省了不少钱。又如抬仪仗的队员，自备毛巾代替垫肩，一个节日下来，能省棉布800多尺，棉花80多斤。

还有两件有趣的勤俭事，发生在文艺大队，使我记忆犹新。

一件事是"玉米珍珠项链"。在文艺大队设计的前导队是由200多名女青年组成，她们身穿玫瑰紫色旗袍，佩戴珍珠项链，手持彩色绢花。旗袍、绢花还好办，唯有200多串项链不好解决，需要花钱才能买到。这时文艺大队分指挥部的同志提出，可用较大的玉米粒用尼龙线串起来，代替珍珠项链，于是就买了10多斤大个的白玉米粒，请街道的老大娘帮忙，穿了300串项链，整个工料费只花了不到100元，大大地减少了开支。节日当天，前导队通过天安门广场时，串成的"玉米珍珠项链"在阳光下反射出光彩，效果很好。

另一件事是"豆包布舞服"，就是用豆包布制作的舞蹈服装。文艺大队总人数达7000多人，其中前导队和舞蹈方阵演员需要制作3000套服装，如果按舞台上演出的正规服装制作，每套至少得100多元，由于费用有限，分指挥部的同志提出用豆包布代替好布料，"以次充好"，并把豆包布按照设计的色标去印染，然后再制作舞蹈服装。游行当天，在阳光下远远看去五彩缤纷，加上整齐的舞步，优美的舞姿，动听的音乐，效果极美。这3000套舞服的费用总共支出还不到10万元，节省了一大批资金。

这一设想的成功，是由于天安门城楼和东、西观礼台距离天安门广场较远，大约有40来米，在这样远距离的情况下，观看游行队伍的表演，只要服装色彩鲜艳，不论用什么布料，同样可以达到好的效果。事后，没有听人说舞服是豆包布制作的，都认为舞服很漂亮。因此，设计人员在设计游行队伍的队容、服装、道具和彩车模型时，都是要考虑到远距离大效果的因素。

伟大的国庆10周年，虽然已过去了50多个春秋，但庆祝活动在脑海里，仍清晰如昨，每当回忆起这一切，我总感到无比的兴奋。

# 1964：国庆 15 周年中的 70 万群众游行

1964 年 10 月 1 日，首都各界人民在天安门广场举行 70 万群众盛大的集会和游行，热烈庆祝中华人民共和国成立 15 年来取得的伟大成就。这次庆祝活动，内容丰富，规模盛大。主要包括国庆招待会、天安门观礼、群众游行等几项活动。我有幸参与筹备工作，50 多年过去了，仍记忆犹新。

## 一、国庆招待会

1964 年 9 月 30 日晚 8 时，庆祝中华人民共和国成立 15 周年，在人民大会堂宴会厅举行盛大国庆招待会。出席人员有 5000 多人，其中外宾 2000 多人。毛泽东、刘少奇、宋庆龄、董必武、朱德、周恩来等党和国家领导人出席招待会。刘少奇主席代表党和政府向来自各个国家和地区的朋友们及同志们表示热烈的欢迎和衷心的谢意。他总结了 15

来中国人民战胜前进道路上的种种困难，在社会主义革命和社会主义建设的事业中取得的伟大成就。在外交上，中国人民一贯为保卫世界和平，为反对帝国主义、殖民主义，为支持一切被压迫民族和被压迫人民的革命斗争，为维护社会主义阵营各国人民和全世界人民的革命团结，进行了不懈的努力。刘少奇指出：社会主义阵营各国人民联合起来，亚洲、非洲、拉丁美洲各国人民联合起来，全世界各大洲的人民联合起来，所有爱好和平的国家联合起来，所有受到美国侵略、控制、干涉和欺负的国家联合起来，结成最广泛的统一战线，为反对美帝国主义的战争政策和侵略政策，为争取世界和平、民族解放、人民民主和社会主义的更大胜利而共同奋斗……刘少奇的致辞，博得了中外宾客的热烈欢迎和鼓掌。之后，与会者频频举杯祝贺。

## 二、天安门观礼

1964年10月1日上午10时，首都70万人在天安门广场举行盛大的群众集会和游行。首先由中共中央政治局委员、北京市市长彭真讲话，他说：15年前，毛泽东主席曾经预言："中国人民将会看见，中国的命运一经操在人民自己的手里，中国就将如太阳升起在东方那样，以自己的辉煌的光焰普照大地，迅速地荡涤反动政府留下来的污泥浊水，治好战争的创伤，建设起一个崭新强盛的名副其实的人民共和国。"现在，这一伟大预言已经变成光辉的现实了……彭真说：我们国家经济形势比过去任何时候都好。党中央所制定的鼓足干劲、力争上游、多快好省地建设社会主义的总路线，越来越显示出无比的威力……我们依靠伟大的人民公社，迅速地战胜了连续几年的严重自然灾害。在农业战线上取得了新发展……我国工业已经建立起强大的自力更生的体系……我国的政治形势也比过去任何时候都好……高举着社会主义建设总路线的旗帜奋勇前进……彭真讲话完毕，开始群众游行。毛泽东、刘少奇、宋庆龄、董必武、朱德、周恩来等党和国家领导人检阅了游行队伍。

当天，登上天安门城楼检阅台检阅游行队伍的有400多人，中方200多人，外方100多人。主要外宾有柬埔寨西哈努克亲王、马里总统凯塔、刚果（布）总统马桑巴·代巴、朝鲜崔庸健委员长、越南总理范文同、罗马尼亚毛雷尔主席、摩洛哥阿卜杜拉亲王等。还有社会主义国家的代表团，兄弟党代表团，亚非拉友好代表团，以及各国知名人士。安排在天安门前观礼台观礼的有21000人，其中包括来自80多个国家和地区的共3000名外宾。

天安门城楼检阅台位置席次图如下：

**左　庆祝中华人民共和国成立15周年天安门检阅台位置席次图**

|  |  |
|---|---|
| 张鼎承 | |
| 康生 | |
| 罗伯特·威廉 | （美国） |
| 包尔汉 | |
| 西吞·库马丹 | （老挝） |
| 李四光 | |
| 阮文孝 | （越南南方） |
| 陈文成 | （越南南方） |
| 林枫 | |
| 蒙达那 | （柬埔寨议长） |
| 何香凝 | |
| 费尔南多 | （柬埔寨议长） |
| 程潜 | |
| 萨布尔·汗 | （巴基斯坦） |
| 陈叔通 | |
| 丁吴 | （缅甸） |
| 李维汉 | |
| 乌兹加尼 | （阿尔及利亚） |
| 彭真 | |
| 巴哈杜尔·塔帕 | （尼泊尔） |
| 黄炎培 | |
| 苏发努冯 | （老挝） |
| 郭沫若 | |
| 宾努 | （柬埔寨） |
| 董必武 | |
| 阿卜杜拉 | （摩洛哥） |
| 宋庆龄 | |
| 马桑巴·代巴 | ［刚果（布）］ |
| 朱德 | |
| 凯塔 | （马里） |
| 刘少奇 | |
| 西哈努克 | （柬埔寨） |
| 毛泽东 | |

**右**

|  |  |
|---|---|
| 崔庸健 | （朝鲜） |
| 周恩来 | |
| 范文同 | （越南） |
| 大会主席讲话位置 | |
| 邓小平 | |
| 毛雷尔 | （罗马尼亚） |
| 邓子恢 | |
| 巴卢库 | （阿尔巴尼亚） |
| 贺龙 | |
| 朴金喆 | （朝鲜） |
| 陈毅 | |
| 格里申 | （苏联） |
| 乌兰夫 | |
| 佩奥里 | （古巴） |
| 李富春 | |
| 鲁布桑 | （蒙古） |
| 李先念 | |
| 博尔茨 | （蒙古） |
| 聂荣臻 | |
| 波德纳拉希 | （罗马尼亚） |
| 薄一波 | |
| 黎清波 | （越南） |
| 谭震林 | |
| 黄文欢 | （越南） |
| 陆定一 | |
| 佐尔坦 | （匈牙利） |
| 罗瑞卿 | |
| 雅罗辛斯基 | （波兰） |
| 徐向前 | |
| 帕歇克 | （捷克） |
| 叶剑英 | |
| 迪莫夫 | （保加利亚） |
| 张治中 | |
| 苏里亚达马 | （印尼上将） |
| 傅作义 | |
| 蔡廷锴 | |

## 三、群众游行

国庆15周年有70万人参加了群众游行活动，主要情况是：

## （一）十种队伍　排列顺序

整个群众游行组成十种队伍，按照下列顺序排列：

仪仗队。队首有国旗队，"国庆1949—1964"字标，国徽两边有花篮，"庆祝中华人民共和国成立15周年"和"高举毛泽东思想红旗奋勇前进！""总路线、大跃进、人民公社万岁！""深入开展社会主义教育运动！把社会主义进行到底！"等大型标语。

少先队。队首有队旗队、鼓号队，"为共产主义事业奋斗"字标和竖旗队等。

工人队伍。队首有宫灯十个，其中两个大宫灯上写有

国庆群众队伍中的少先队员欢呼着，通过天安门城楼

"国庆"金色大字。矗立着一座高5.8米的整套采油设备的石油矿场"模型",一座12000吨水压机的模型,25000吨合成氨成套设备模型,"东方红"轿车、210型吉普车模型等。

农民、城区队伍。队首有"人民公社万岁"字标和"自力更生,发奋图强"字标。社员们驾驶国产拖拉机曳引着粮食、蔬菜、水果、奶牛、猪、鸭等巨大模型和百货大楼的商品彩车等。

工商界队伍。手持国旗、红旗、彩旗和花束等。

全国商业红旗单位北京天桥百货商场的职工们
开着彩车、手举红花准备参加游行

北京铁路局的民兵接受检阅

机关队伍。由国民经济主管部门精心制作的大型图表、模型、标语共60多个，反映了我国国民经济好转和我国人民独立自主、自力更生建设社会主义的力量等。

学校队伍。有"教育为无产阶级政治服务，教育与生产劳动相结合""做毛主席的好学生""学习解放军""知识分子劳动化、革命化""学好本领，建设祖国；能文能武，又红又专；锻炼身体，保卫祖国""立志做革命事业的接班人"大型标语等。

首都民兵师。队首有毛主席在国庆节前夕亲笔题的"首都民兵师"字标等。

　　文艺大队。队首有"文艺为工农兵服务""文艺为社会主义服务"字标。表演民族大团结舞、葵花舞、丰收舞、秧歌舞、荷花舞、孔雀舞、伞舞、落子舞。还有京剧《芦荡火种》《箭杆河边》，话剧《龙马精神》《水晶洞》《南方来信》《南海长城》《山村姐妹》，歌剧《江姐》，昆曲《师生之间》，舞剧《八女颂》，电影《农奴》《天山的红花》等17辆彩车。

文艺大队表演荷花舞，通过天安门广场

　　体育大队。队首有"发展体育运动，增强人民体质"字标，"锻炼身体，建设祖国，保卫祖国"字标和三面红旗彩车及锦花操、哑铃操、旗操等。

体育大队通过天安门广场

### （二）加宽排面　缩短时间

15 周年国庆节组织 70 万群众游行，因人数太多，游行时间需延长。为缩短游行时间，必须加宽横排面，因此，由原来的 100 人排面，加宽到 150 人排面。这样既可以缩短游行时间，又把天安门前 100 米宽的马路站满队伍，使群众游行声势更加浩大。

150 人的横排面，分为九路纵队。一至五路各 20 人，六、七路各 15 人，八、九路各 10 人。一路队伍集合在南池子，二路队伍集合在南河沿，三路队伍集合在王府井，四路队伍集合在东单北大街，五、六、七路队伍集合在建国门大街，八、九路队伍集合在正义路。各路队伍从东、南、北三个方向出来，会集到东长安街马路上，行进到东标语塔（即公安部门前）汇集成150人排面，浩浩荡荡地通过天安门广场，接受党和国家领导人的检阅。整个游行时间，只用了1小时57分30秒，比预定计划时间提前2分半钟。

这样安排，是按照彭真同志的要求办的。他曾对游行指挥部的同志指示：长辛店、京西煤矿的工人队伍，清华、北大的学生队伍，夜里两三点就出发，下午三四点才散场，这太疲劳了，不能这么搞。这是群众观点问题，群众的热情要保护，游行的整个时间要压缩，两个小时结束。由此我们深刻认识到，压缩游行时间，是爱护群众的需要。

### （三）设置标兵　保持队形

横排面宽，路数多，队伍通过天安门广场时，各路群众很容易出现向北靠的现象。为了保持队形，防止队伍北靠和串路，在路与路之间设立了标兵。在东起南池子南口，西至南长街南口，设置了九条"标兵胡同"。标兵随着群众队伍游行进入广场，每条"标兵胡同"的宽度，是根据每路队伍的横排面来确定的，有11米、8米和6米不等。每个标兵中间前后距离是两米一个人，各路游行队伍走在各列标兵之间，好像走在笔直的胡同内。从而保证了群众队伍不出现向北倾斜和串路现象，保持了良好队形。

由于组织得当，井然有序，气氛活泼热烈。当各路游行队伍经过天安门城楼检阅台见到毛主席的身影时，都情不自禁地欢呼"毛主席万岁！"爆发出内心的激动，频频向毛主席举手致敬。毛主席也不时地向群众挥手致意，向群众呼喊"工人同志们好！""同志们好！""同学们好！"领袖和群众此呼彼应，情感交融的场面十分动人。

当游行队伍的队尾通过天安门广场后，在广场组字的10万群众一起涌向天安门金水桥前，向毛主席和天安门城楼检阅台上的党和国家领导人欢呼致敬。这时，毛主席先向天安门城楼的东侧走去，向东边观礼台上观礼的人们以及涌到金水桥前的群众挥手致意。随后，又走向城楼的西侧，向西边观礼台上观礼的人们和群众致意，这时群众欢呼跳跃，达到了高潮。

### （四）群众游行　外宾赞不绝口

群众游行队伍通过天安门广场时，精神抖擞，队容整齐，步伐豪迈，表现出严格的纪律性和高度的政治热情，博得了参加观礼的外宾的赞扬。泰国作家古腊说："中国人民以十万分兴奋的心情庆祝15周年国庆。中国人民战胜了三年自然灾害，经济已全面好转，这都是中国政府和中国共产党领导下取得的胜利，也是马列主义在中国的胜利。"印度尼西亚外交部新闻和文化联络局局长苏尔纳诺说："看中国人的纪律多好，中国虽然还没有原子弹，但人民的力量比原子弹的力量还要大。"日本外宾和田说："今天我完全陶醉了，游行队伍好得难以用语言形容。"又说："看到游行场面，感到中国人的力量比原子能还强。"日本国民救援会访华代表团团长说："游行队伍象征着中国六亿五千万人民朝着同一个目标前进，可以预料到，中国今后将会取得更大的发展。"《加纳时报》门萨说："从游行队伍中可以看出，独立了的中国可以移山倒海。"通过游行，向世人展示了中国人民的信心、智慧和力量。

### （五）广场布置　庄严肃穆

当时，天安门广场安排10万群众组字，用彩色花球组成三种图案。一是"旭日东升"；二是国徽＋"1949—1964"；三是"毛主席万岁"。军乐团奏《东方红》时，组"旭日东升"图案；宣布庆典开始时，奏国歌，鸣礼炮和首长讲话期间，组成国徽＋"1949—1964"图案；群众游行开始时，组"毛主席万岁"图案，此后，三种图案轮换出现。

天安门广场北端上空自东而西悬挂"毛主席万岁"大型气球宫灯五个，两旁各悬挂大花篮一个。广场东、西两侧上空用气球携带巨幅标语14条。

除了上述三项主要活动，国庆15周年庆祝期间，还举行了其他一些活动，如10月1日当晚，和往年一样在天安门广场举行群众联欢焰火晚会。毛泽东、刘少奇、董必武、朱德、周恩来、邓小平等党和国家领导人及外宾出席。

10月2日晚8时，在人民大会堂举行歌舞晚会。由3000名专业和业余文艺工作者合作演出了音乐舞蹈史诗《东方红》。刘少奇、董必武、朱德、周恩来、邓小平等党和国家领导人及外宾出席。

# 1967：国庆 18 周年凸显"文革"色彩

1967 年 10 月 1 日，在天安门广场组织 50 万人群众游行，庆祝国庆 18 周年。这次庆祝活动，有着浓厚的"无产阶级文化大革命"的色彩。

## 一、庆祝活动总的要求

高举毛泽东思想伟大红旗；充分显示出伟大领袖毛主席是当代最伟大的马克思列宁主义者；充分显示出活学活用毛主席著作的群众运动蓬勃发展，毛泽东思想深入人心。充分反映无产阶级革命派、红卫兵革命小将和广大工农兵革命群众敢想、敢干、敢造反的大无畏的革命精神；充分反映出一年来，"无产阶级文化大革命"的成果和抓革命、促生产的伟大成就。充分显示出反对帝国主义，现代修正主义和各国反动派的伟大胜利。强调无产阶级政治，"革命"二字非常突出。

## 二、国庆招待会

1967 年 9 月 30 日下午 7 时，周恩来总理在人民大会堂宴会厅举行庆祝中华人民共和国成立 18 周年招待会。参加招待会的共计 3000 多人。有中央领导和首都工农兵、红卫兵以及在经济建设和国防建设等方面有贡献的科学技术人员等 1500 多人。有各国访华外宾和驻华使节、外国专家等 1500 多人。

周恩来总理在招待会上讲：

> ……伟大的毛泽东思想得到空前未有的大普及，全国人民的精神面貌发生了巨大的变化。我国无产阶级专政进一步得到巩固。……马克思列宁主义的队伍正在发展壮观。……把世界人民和国际无产阶级的革命事业继续推向前进。……

周恩来总理的讲话，博得了中外宾客的热烈掌声。之后，与会者频频举杯祝贺。

## 三、天安门观礼

节日当天，天安门组织 50 万人的群众游行庆祝活动。上午 10 时整，乐队高奏《东方红》乐曲。毛主席登上天安门城楼。同毛主席一起登上天安门城楼的，有中央其他领导人和各方面的负责人：周恩来、朱德、李富春、陈云、宋庆龄、董必武、陈毅、李先念、徐向前、聂荣臻、叶剑英、杨成武、粟裕等。

同毛主席一起登上天安门城楼检阅台的，有各国的许多革命战友和友人，他们当中有：阿尔巴尼亚党政代表团团长、阿尔巴尼亚劳动党中央政治局委员、阿尔巴尼亚部长会议主席穆罕默德·谢胡，阿尔巴尼亚党政代表团团员、劳动党中央政治局委员、中央书记处书记拉米兹·阿利雅；

越南民主共和国党政代表团团长、越南劳动党中央政治局委员、越南民主共和国政府副总理黎清毅，越南民主共和国党政代表团副团长、越南劳动党中央政治局委员、越南民主共和国国会常务委员会副主席黄文欢，越南南方民族解放阵线代表团团长、战斗英雄黄文旦；

缅甸共产党中央代表团团长、缅共中央第一副主席德钦巴登顶；

印度尼西亚共产党中央代表团团长、印度尼西亚共产党中央政治局委员阿吉托罗普；

新西兰共产党代表团团长、新西兰共产党全国委员会委员约翰·福尔兹；

刚果（布）全国革命运动和政府代表团团长、刚果（布）全国革命运动中央第一书记、总理、政府首脑安布鲁瓦斯·努马扎莱；

坦桑尼亚友好代表团团长，坦桑尼亚土地、定居和水利开发部部长巴布；

马里总统府办公厅主任巴卡拉·迪亚洛和夫人；

巴基斯坦政府友好代表团团长、巴基斯坦新闻和广播部长赫瓦贾·夏哈布丁和夫人等。

10时许，国庆大典开始，国歌高奏，礼炮齐鸣，群众游行开始，接受毛主席等党和国家领导人的检阅。中午12时，全部游行队伍通过天安门广场。

## 四、游行队伍的组织

群众游行由九种队伍组成。

前卫队。由三军、大学师生、中学师生和工人组成。由北京卫戍区为组长，三军为副组长。

三军队伍。由三军职工组成，由北京卫戍区负责组织。

工人队伍。由北京市革命委员会工交城建组、财贸组、工代会组成领导小组负责组织。工代会为组长，工交城建组、财贸组为副组长。

农民队伍。由北京市抓革命、促生产第一线指挥部负责组织，农代会协助。

居民队伍。由北京市公安局军管会负责组织。

机关干部队伍。由国务院机关事务管理局负责组织，中直党委和北京市革命委员会政治组协助。

中学师生队伍。由北京卫戍区军训办公室负责组织，中学红代会协助。

大学师生队伍。由大学红代会负责组织，北京市革命委员会大学组协助。

文艺大队。由中央文革文艺组、三军、北京市革命委员会文教组组成领导小组负责组织，文艺组为组长，三军为副组长。

当时，为了组织好游行群众，做了三条规定：一是凡是参加国庆节游行的单位，已经有军代表训练人员的负责组织，没有代表的要派出军代表负责组织。二是凡是不参加游行编队操练的群众不得参加游行。三是各单位要进行编组训练，学校应不分派别，一律参加，联合行动，组织好训练。

## 五、游行队伍的队容安排

前卫队中主要有七米高的毛主席全身塑像和《毛泽东选集》四卷的巨大模型，"紧跟毛主席的伟大战略部署，牢牢掌握革命斗争大方向"的巨幅标语模型，以及马克思和恩格斯、列宁和斯大林、毛主席三组浮雕像，表达马克思主义发展史上三个伟大的里程碑等。

三军队伍中主要有"高举毛泽东思想伟大红旗，在无产阶级文化大革命运动中立新功"标语牌和"没有一个人民的军队，便没有人民的一切"标语牌等。

1967 年国庆群众游行盛况

工人队伍中主要有一台巨大的火车头模型，上面写着"毛泽东思想指导下的人民革命是历史前进的火车头"和"抓革命，促生产"的大幅标语牌，以及反映工业生产所取得成就的图表、标语牌等。

农民队伍中主要有"人民公社万岁"大幅标语牌以及若干块模型和图表反映农业生产的伟大成就，特别是粮食连续几年大丰收等。

居民队伍中抬着"拥军爱民"的巨幅标语等。

机关干部队伍中抬着"读毛主席的书，听毛主席的话，用毛主席的指示办事，做毛主席的好战士"标语等。

大、中学师生队伍中主要有"无产阶级文化大革命胜利万岁"标语牌等。

文艺大队中抬着"沿着毛主席的革命文艺路线胜利前进"的巨幅标语和京剧《红灯记》《沙家浜》《智取威虎山》《奇袭白虎团》《海港》，舞剧《红色娘子军》《白毛女》，交响音乐《沙家浜》等八个样板戏的舞台模型彩车。反映工农兵不仅要做政治舞台的主人，而且要做文艺舞台的主人等。

整个游行的群众队伍，高举毛主席像和《毛主席语录》、国旗、红旗以及单位旗。队伍行进到南河沿南口时，群众横排面，一排臂挽臂，一排不挽臂，高举《毛主席语录》行进，热烈高呼"毛主席万岁！"高唱革命歌曲，雄赳赳、气昂昂阔步前进，通过天安门广场，接受毛主席等党和国家领导人的检阅。

## 六、广场组字和悬挂标语

广场安排 10 万人组字，用各种彩色花球轮换组成六套图案：国徽＋"1949—1967""旭日东升""文化大革命万岁""中国共产党万岁""毛泽东思想万岁""毛主席万岁"。

广场上空悬挂"毛主席万岁"宫灯五个，两旁各悬挂"祝毛主席万寿无疆！"大型标语各一幅。东、西两侧用气球携带标语 26 幅。

当毛主席登上天安门城楼检阅台时，广场内的红卫兵放出悬挂"毛主席万岁！"标语的气球 20 个和红色小气球 5000 个；群众队伍队尾通过天安门广场时，又放出红色小气球 7000 个；宣布散会时，再放出悬挂"毛主席万岁！"标语的气球 20 个和红色小气球 5000 个。天安门上空成了红色气球的海洋。

群众游行结束时，广场 10 万群众在军乐团音乐伴奏下，高举《毛主席语录》，齐唱《大海航行靠舵手》，有秩序地涌向天安门金水桥，高呼："毛主席万岁！万岁！万万岁！"庆祝活动全部结束。

# 1984：国庆 35 周年群众游行队伍通过分秒不差

"文化大革命"后，我回到北京市人民政府外事办公室工作，又有幸参加新中国成立 35 周年庆祝活动的筹备工作。这次庆祝活动，突出了党的十一届三中全会后改革开放的特点，融入了新的活力与生机。

## 十一届三中全会精神　指导庆祝活动

国庆 35 周年的庆祝活动，是在党的十一届三中全会之后，通过拨乱反正，我国社会主义现代化建设进入了新的历史发展时期。随着改革开放的深入发展，国家经济繁荣，社会安定。中央决定于 1984 年 10 月 1 日在天安门广场举行盛大的阅兵与群众游行庆祝活动。要求以振奋民族精神，鼓舞爱国热情，检阅建设成就，增长四化志气为指导思想，搞好各项庆祝活动。通过阅兵与群众游行，把党的十一届三中全会以来，振奋中华，勇于创新，实现四化，取得伟大的建设成果，充分地表达出来。

国庆节群众游行指挥部部分工作人员合影（左三为作者）

庆祝活动于 1984 年 9 月 30 日下午 7 时开始，在人民大会堂宴会厅，举行庆祝中华人民共和国成立 35 周年招待会，出席招待会共有 3000 多人，其中外宾 1000 多人。

10 月 1 日上午 10 时，在天安门举行 40 万人庆祝中华人民共和国成立 35 周年阅兵与群众游行大会。出席大会的党和国家领导人有胡耀邦、邓小平、李先念、陈云、彭真、邓颖超、徐向前、聂荣臻、乌兰夫等。出席庆典的外宾有：

民主柬埔寨主席西哈努克亲王和夫人，联合政府总理宋双，负责外交事务的副主席乔森潘，越南黄文欢同志，正在我国访问的赞比亚总统卡翁达的夫人，国际奥委会主席萨马兰奇和夫人等。

## 邓小平同志发表讲话

检阅式开始时，在军乐队乐曲的鸣奏中，军委主席邓小平乘车检阅了三军部队。检阅完毕后，邓小平同志回到天安门城楼发表讲话，他说：

三十五年前，我国各族人民的伟大领袖毛泽东主席，在这里庄严宣布了中华人民共和国站起来了。三十五年来，我国不但完全结束了旧时代的黑暗历史，建立了社会主义社会，也改变了人类历史进程。特别是中国共产党第十一届三中全会以来，由于彻底纠正了"四人帮"反革命集团的倒行逆施，恢复和发展了毛泽东同志的实事求是的思想方法，陆续实行了一系列适合新情况的重大政策，全国的面貌更是焕然一新。在全国实现安定团结、民主法制的基础上，我们把进行社会主义现代化建设放在一切工作的首位。我国的经济获得了空前的蓬勃发展，其他工作也都得到了公认的成就。今天，全国人民无不感到兴奋和自豪。

　　党的十二大提出，到 2000 年，我国的工农业年总产值，要比 1980 年翻两番。最近几年的情况，表明这个宏伟目标是能够达到的。当前的主要任务，是要对妨碍我们前进的现行经济体制，进行有系统的改革。同时，要对全国现有的企业，进行有计划的技术改造。要大大加强科学技术研究工作，大大加强各级教育工作，以及全体职工和干部的教育工作。全党和全社会都要真正尊重知识，真正发挥知识分子的作用。这样，我们就一定会逐步实现现代化。……

　　讲话结束后，阅兵分列式和群众游行开始。

北京大学学生打出"小平您好"的横幅

## 农民在前　改革从农村开始

十一届三中全会以后，改革首先从农村开始。邓小平同志一再讲，外国人说中国的变化大，我看最大的变化是农村。35周年国庆群众游行队伍，突出了改革开放这个主题，在整个游行队伍中，除仪仗队外，把农业队伍摆在最前头。这种摆法，新中国成立以来国庆游行还是第一次。

农民们用五部拖拉机牵引着"联产承包好"巨型标语

在农业队伍的队首，用五部拖拉机组成的"联产承包好"五个大字的彩车，每个字均高达4米、宽3米。"联产承包""拖拉机"的形象化出现，既表明了实现包产到户，又把坚持发展集体经济、坚持机械化方向联系在一起，体现了我国改革从农村开始的这一历史进程，这也反映了当时农民群众的心声，农民都从心眼里渴望表达他们对党的改革政策的拥护。

另外，还在农业队伍中制作了一部"党的政策好"的彩车，车上写着中共中央三个一号文件的模型，分别标有1982、1983、1984三个文号。彩车引人注目，反映了中央对农民、农村、农业问题的重视。

在农业队伍中，还有550人的唢呐队，224人的"武吵子"，216人的"太平鼓"，103人的胖头娃娃骑红鲤鱼，78人的跑旱船，102人的耍中幡。这些身着民族服装的表演队伍，伴随着《在希望的田野上》的欢快乐曲向党中央、国务院和各族人民报喜：全国农村五谷丰登，百业兴旺！

## 突出特区　促进改革开放

国庆35周年，在工业队伍中，增加了一个过去从来没有的方队——深圳特区队伍，这是新中国成立以来第一次有地方的彩车队伍参加首都的庆典。这支队伍打着两条体现特区精神的口号标语："时间就是金钱""效率就是生命"。深圳经济特区制作了"大鹏展翅"的大型彩车模型，有四层楼那么高，其气势就如同一只大鹏鸟欲展翅万里。在彩车上面还写着邓小平的题词："深圳的发展和经验证明，我们建立经济特区的政策是正确的""把经济特区办得更快些更好些"。

"大鹏展翅"大型彩车模型

邓小平的题词，既宣传了中央对建立经济特区的政策的正确性，又宣传了经济特区的发展。大鹏展翅起飞，比喻经济特区已在起飞，前景光明。反映了我国实行对外开放，对内改革，创办经济特区的政策带来的欣欣向荣的景象；反映了改革初步取得突破性成果的时代特征。深圳、蛇口，走出了一条利用外资加快社会主义现代化建设的道路，也闯出了一条城市改革的路子。

## 方阵队形　队伍整齐壮观

为了使群众游行队伍行进时保持队形良好、整体美观、整齐壮观的形象，取消过去游行队伍队尾长短不齐，最后"补尾"的复杂工作，采用了方阵编制队伍。这种编队在新中国成立以来还是第一次。

整个游行队伍共编成68个方阵，其中：

仪仗队11个方阵：有国旗方队，"国庆、年号"方队，国徽方队，"毛泽东、周恩来、刘少奇、朱德同志半身像"方队，"振兴中华""实现四化"标语彩车方队，"2000年工农业年总产值翻两番"方队，"祖国地图"方队，"反对霸权主义，维护世界和平""我们的朋友遍天下"方队，"坚持四项基本原则"纵标方队，"毛泽东、周恩来、刘少奇、朱德同志和邓小平、陈云同志著作模型"方队，"马克思、恩格斯、列宁、斯大林半身浮雕像"方队。

农业队伍3个方阵：有农业前导方队，队首是"联产承包好"彩车、"中共中央一号文件"彩车等，"农林牧鱼"和"乡镇企业"彩车、"绿化祖国"彩车方队，"副食品生产"彩车和"建设文明村"标语方队。

工业队伍8个方阵：有工业前导方队，能源方队，交通方队，电子方队，轻纺方队，城建方队，重工方队，财贸方队。

科教队伍8个方阵：有科教前导方队，"教育成果"方队，"德智体全面发展"方队，卫生方队，"向科学技术现代化进军"方队，"卫星通信地面站"彩车方队，"世界首次人工合成核糖核酸"彩车方队，"和平利用原子能"彩车方队。

首都居民队伍1个方阵：有"军民共建文明街"方队。

体育队伍14个方阵：有"奖杯"彩车方队，"发展体育运动，增强人民体质"标语方队，"走向世界""为国争光""振兴中华"标语方队，"23届奥运会中国代表团"方队，哑铃操方队，纱巾操方队，武术操方队，"民族体育""群众体育"彩车方队，火棒操方队，旗操方队，"篮球、手球""军体"等彩车方队，步伐方队，海浪帆板方队和尾旗方队。

文艺队伍16个方阵：有"'文艺为人民服务，文艺为社会主义服务'花篮"彩车方队，鼓钹方队，蒙古族舞方队，藏族舞方队，壮族舞方队，朝鲜族舞方队，维吾尔族舞方队，高山族舞方队，回族舞方队，傣族舞方队，苗族舞方队，黎族舞方队，彝族舞方队，百花方队，彩车方队，龙舞方队。

少先队队伍7个方阵：有少先队前导方队，"火炬"彩车方队，"时刻准备着"标语方队，鼓号方队，彩虹方队，舞蹈方队，气球方队。

每个方阵内设立纵横标兵，控制行进速度和间隔距离。群众游行队伍在开始行进时，分四路纵队，从东长安街东、南、北三个方面走过来，到南池子南口即汇合成一个个方阵，横排面为100人。以整体美观的姿态，热烈欢快的情绪，整齐豪迈的步伐，伴随着各自不同的音乐，通过天安门广场，接受党和国家领导人的检阅。

## 游行结束　观礼台来宾拍手叫好

35周年国庆节，中央要求庆典活动两个小时结束，活动内容包括：党和国家领导人登上天安门城楼，升国旗、奏国歌，鸣礼炮，首长讲话，阅兵与游行等。我们根据中央的要求，科学地、准确地、细致地做具体安排。两个小时的分配，除庆典仪式（阅兵、游行前的项目）和阅兵所需的时间外，剩下来就属于群众游行的时间。我们根据这一时间，分别规定各种游行队伍通过天安门广场的具体时间：

| 序列 | 队伍 | 队伍通过所需时间 | 队首通过天安门广场时间 | 队尾通过天安门广场时间 |
|---|---|---|---|---|
| 1 | 仪仗队 | 4 分 | 11:02 | 11:12 |
| 2 | 农业队伍 | 3 分 10 秒 | 11:06 | 11:16 |
| 3 | 工业队伍 | 7 分 30 秒 | 11:09 | 11:23 |
| 4 | 科教队伍 | 5 分 30 秒 | 11:16 | 11:29 |
| 5 | 居民队伍 | 1 分 20 秒 | 11:22 | 11:30 |
| 6 | 体育大队 | 7 分 30 秒 | 11:25 | 11:37 |
| 7 | 文艺大队 | 13 分 | 11:32 | 11:53 |
| 8 | 少先队 | 7 分 | 11:46 | 12:00 |

节日前，各种队伍按照分配规定的时间和规定的行进速度，进行认真的、反复的训练。

节日当天，庆祝活动从上午 10 点开始至 12 点整，游行队伍的队尾通过天安门广场，天安门城楼主席台上宣布庆祝大会结束。全部庆祝活动正好用了两个小时，分秒不差。

这时，在天安门前观礼台上的中外来宾，都兴高采烈拍手叫好。有的外宾说："几十万人的阅兵与游行队伍，按预定的两小时一分不差地通过天安门广场，真是神了！就是机械化也不一定分秒不差，中国人、北京人真了不起。组织有方，科学性很强，给人们留下美好而难忘的印象。"

指挥台上的部分工作人员合影（前排左二为作者）

## 广场组字　宏伟壮观

35周年国庆节，在天安门广场安排了十万群众组成国徽+"1949—1984"的图形，还组成"祖国万岁""振兴中华""保卫和平""中国共产党万岁"四条标语图案，这庄严肃穆的图案，不仅突出了庆典主题，而且为全场增辉。

同时，用16个大气球做成宫灯形，上写"庆祝中华人民共和国成立三十五周年"16个金色大字，飘浮在广场北端的上空。在标语两侧用巨型气球吊起的两个直径7米的大花篮，作为装饰。在游行结束时，放出成千上万个彩色气球，使天安门广场区域从天空到地面装点得五彩缤纷，柳绿花红，分外夺目。

广场内的群众组成国徽图案与仪仗队高举的国旗交相辉映

广场组字，是一项非常复杂的系统工程，不像在纸上写字那么容易。广场组字的范围大，东西宽274米，南北长232米，整个面积63568平方米。如何把组图、组字图案落实到这样庞大的面积上，真是一个大难题。这里首先有个视角问题，站在天安门城楼主席台上俯视广场组字区，视角约呈15°，组字人员再将各种彩色的花束举起来，又增加了组字图案的高度，进一步缩小天安门城楼主席台上的俯视角度。

　　因此，要求组织者，事先必须有一个准确的设计方案和具体的落实措施，使每个组字人员要对号入座，在组每一个字时，都要按照事先规定好的颜色花束，统一地、及时地举起来。如果有人把花束颜色举错了，就会影响到组字的效果，错多了，就组不成字形，将会造成严重的政治错误，后果不堪设想。因此，要求组织者和组字人员要有高度的政治责任感，严密的工作态度，强有力的组织才能，科学的计算方法和熟练灵巧的动作，这样才能完成这项艰难而光荣的政治任务。由于大家的共同努力，多年来，在天安门广场组字组图案，从未发生过差错。

国庆指挥部工作人员在国庆 35 周年晚会上留影（左一为作者）

## 广场之夜　万众欢腾

国庆节的晚上，在天安门广场举行20万群众联欢晚会，晚会规模盛大，秩序井然，内容丰富，热烈欢快，吸引了数十万群众。

晚会上，华灯开放，锣鼓齐鸣，乐曲高奏，十几万青年穿上节日的盛装，手系五彩缤纷的纱巾和彩带，随着悠扬的乐曲，载歌载舞。人们尽情地唱啊！跳啊！表达着他们对党的十一届三中全会的拥护，对祖国的祝福，对生活的热爱。

参加中日大联欢的3000名日本各界青年访华团，也应胡耀邦总书记的邀请，出席了国庆联欢晚会。他们分别参加了高校区和工人区的联欢活动，玩得兴高采烈，开心痛快。通过联欢活动，大大增加了中日两国人民的友谊。

35周年国庆，虽然已过去了30多年，但这一饱含激情，振奋人心的景象，依然令人难忘。

# 1999：国庆 50 周年游行展现新世纪豪情

国庆 50 周年时，我已步入花甲之年，不能亲临国庆筹备工作的第一线，因此，国庆群众游行指挥部邀请我当一名顾问，做点力所能及的工作，现将所做所闻的情况回忆如下：

1999 年 10 月 1 日，在天安门广场组织 30 万人，庆祝中华人民共和国成立 50 周年阅兵和群众游行大会。

检阅式开始时，江泽民主席乘国产红旗牌轿车，在雄壮的军乐声中，穿过天安门城楼门洞，跨过金水桥，驶上东长安街，在阅兵总指挥、北京军区司令员李新良的陪同下，检阅了由威武雄壮的人民解放军陆、海、空三军和人民武装警察部队、民兵预备役部队组成的地面方队。

江泽民主席不时地用洪亮的声音向指战员们喊着："同志们好！""同志们辛苦了！"指战员齐声回答："首长好！""为人民服务！"

检阅之后，江泽民主席在庆典上以激昂的声音向全世界宣布:"从本世纪中叶到下世纪中叶,中国人民经过一百年的艰苦创业,将基本实现社会主义现代化,中华民族将以更加强劲的英姿屹立于世界民族之林,中国的未来是无限光明的。让我们高举马克思列宁主义、毛泽东思想、邓小平理论的伟大旗帜,朝着辉煌的目标奋勇前进。一个富强、民主、文明的社会主义现代化中国必将出现在世界的东方。……"

宣布完毕,开始行进式阅兵和群众游行。游行队伍队容壮观,主题突出,充分反映了新中国成立50年来全国各条战线所取得的伟大成就。分别展示了"开国·创业""改革·辉煌""世纪·腾飞"三个主题。这三个主题,内容丰富,形式多样,各有特色。具体来说:

在三个主题部分前面是仪仗队,由三个方队组成。

第一方队为国旗方队。队伍身着白色服装,行进中,举起十个红绸条幅,展出一面平面巨幅国旗,国旗周围由棕黄色花束镶边。

第二方队为国庆、年号方队。队伍身着白色服装,手持紫罗兰色花束,组成花坛。队伍中间突起一块有国庆+"1949—1999"字样的标牌。

第三方队为国徽方队。队伍身着白色服装,手持橙、黄两色花束,组成花坛,簇拥着"国徽"彩车。行进中由橙、黄两色花束组成同心放射状花环。

仪仗队之后,是三个主题部分:

1999 年国庆庆典，仪仗队通过天安门广场

## 第一部分　开国·创业

　　这一部分，共由五个方队组成。表现了党的第一代领导集体带领中国人民浴血奋战，开创新中国的艰难而伟大的历程；反映了人民当家作主后欢欣鼓舞的心情；反映了人民艰苦奋斗，奋发图强，建设新中国的精神风貌。

　　第一方队为雕塑彩车方队。队伍身着白色上衣，红色裤子，手持红、黄两色花束。

　　第二方队为毛主席画像彩车方队。有身着黄色服装的腰鼓队员，其他队伍身着白色礼服，分散在队伍周围，行进中欢快地表演。

第三方队亦是雕塑彩车方队。队伍身着礼服，手持各种颜色花环。

第四方队为舞狮方队。方队前有四辆狮鼓车，表演人员身着红色礼服。

第五方队为大型红旗方队。队伍身着白色衣服。

第一部分五个方队中穿插着九辆彩车，其中有：红军长征彩车，延安宝塔山和抗日军民彩车，百万雄狮过江彩车，毛主席巨幅照片彩车，毛泽东、刘少奇、周恩来、朱德、陈云、邓小平伟人照片彩车等。

## 第二部分　改革·辉煌

这一部分共由 21 个方队组成。表现了邓小平理论和十一届三中全会以来党的路线、方针和政策；反映了在邓小平理论伟大旗帜指导下，在党的第二代和第三代领导集体的领导下，我国改革开放 21 年来，在两个文明建设中所取得的举世瞩目的巨大成就；反映了中国人民朝气蓬勃，意气风发的精神面貌。

其中有：邓小平画像彩车方队，巨型航船彩车及标语方队，成就展示先导方队，农业、水利方队，工业方队，环保卫生方队，多种经济成分和特区建设方队，现代化小区方队，时装表演彩车方队，首都居民方队，文艺先导彩车方队，民族艺术表演方队，广播影视及优秀文艺节目展示方队，群众文艺方队，舞龙方队，体育先导方队，竞技体育项目展示方队，群众体育方队，科技队伍先导方队，科技方队，教育方队等。

第二部分共有 40 辆彩车，其中有：邓小平同志巨幅照片彩车，建设有中国特色的社会主义和十一届三中全会标志彩车，以及解放思想，实事求是，以经济建设为中心，坚持四项基本原则，坚持改革开放等内容的彩车。

## 第三部分　世纪·腾飞

这一部分共由六个方队组成。表现了民族团结和祖国统一的神圣使命；反映了迈向新世纪的目标和任务；反映了全国各族人民在邓小平理论指导下，紧密团结在以江泽民同志为核心的党中央周围，以十五大精神为指导，万众一心，坚定信念，满怀信心奔向 21 世纪的豪迈情怀。

第一方队为江泽民画像彩车方队。各族群众身着民族服装，手持五颜六色的花束，簇拥在彩车周围。

第二方队为标语方队。由若干块标语牌组成，队伍身着蓝色西服，结带红色领带，手持鲜花。

第三方队为 21 世纪奋斗目标和 31 个省、市、自治区及港澳台地区彩车方队。由 34 辆彩车组成，队伍身着白色服装，手持黄色花束，镶在行进的彩车两边。

第四方队为少先队前导方队。队员身着队服，手持卡通模型。

第五方队为少先队七色光鼓号方队。队员身着七色光鼓号队队服，在行进中表演。

第六方队为少先队员方队。队员身着各色队服，手持各种卡通模型。

这一部分共有42辆彩车，其中有：江泽民同志与其他中央领导在十五大的照片彩车，十五大报告单行本模型彩车，31个省、自治区、直辖市及港澳台地区彩车，表现21

作者在天安门南观礼台上拍下的少先队员通过天安门广场

世纪奋斗目标彩车等。

　　10月1日上午，我在天安门前观礼台上，目睹了阅兵式和群众游行。阅兵部队，军容严整，装备精良。游行队伍，热烈整齐、雄伟壮观、五彩缤纷、光彩夺目的生动场面，令人震撼。

　　我深知参加节日筹备工作的同志们付出了很大的辛劳，当胜利地完成任务后，会有苦中有甜、累中有乐的感受。

# 2009：国庆 60 周年群众游行首创文艺表演

2009 年国庆 60 周年，我已退休多年，未能再参与国庆游行的组织工作。节日当天，我目睹了国庆 60 周年的群众游行盛况之后，很有感受。国庆 60 周年的群众游行活动，与以往年代国庆活动相比，变化很大、特点突出、气势恢宏，给人以极大的精神振奋和鼓舞。

首先，从游行队伍队容的总体设计来说，超越了以往游行工作的思路，主线清晰、主题明确、内容丰富、形式多样、色彩新颖。群众游行以回顾中国共产党领导全国各族人民的奋斗史、创业史、改革开放史为主线，以"我与祖国共奋进"为主题，按照高举旗帜、展示成就和面向未来展开设计。分为"思想篇""成就篇""未来篇"三大篇章共七个部分。

## 思想篇

"思想篇"由游行第一至第四部分组成。有《奋斗创业》《改革开放》《世纪跨越》和《科学发展》。从"国旗"和"国庆、年号、国徽"两个方阵组成的仪仗队开始，伴随着雄浑的《红旗颂》乐曲，由1949名青年高擎着国庆游行历史上最大的五星红旗走在游行队伍的最前面，随后是2009名青年簇拥的巨型国徽。方阵中安排了标语口号，把毛泽东思想、邓小平理论、"三个代表"重要思想和科学发

群众游行仪仗队走过天安门广场

展观的光辉思想内涵贯穿于群众游行的全过程。其中的《奋斗创业》《改革开放》《世纪跨越》和《科学发展》四个部分相继展示出了"浴血奋斗""开天辟地""毛泽东思想""艰苦创业""春天的故事""改革开放""走进新时代""与时俱进""继往开来""科学发展"等10个方阵，并簇拥着毛泽东、邓小平、江泽民、胡锦涛同志巨幅画像前进，四位领袖的讲话原声重现。为建立新中国立下功勋的革命老战士，与新中国共同成长的共和国同龄人，劳动模范等出现在游行队伍中和彩车上。

## 成就篇

"成就篇"由游行第五部分《辉煌成就》和第六部分《锦绣中华》组成，重点展示了伟大成就。在《辉煌成就》部分中，由"农业发展""新农村建设""工业发展""交通运输""能源发展""生态环保""民主政治""依法治国""科学发展""神舟飞天""教育发展""文化繁荣""体育发展""北京奥运""人口卫生""和谐家园""众志成城""我的中国心""同一个世界"等19个方阵组成依次通过。方阵中19辆彩车展示出了我国各行各业、各条战线取得的伟大成就和伟大的民族精神。航天英雄再现中国首次空间出航瞬间、冲锋舟造型彩车，再现抗洪抢险和抗震救灾等场景。各条战线的群众代表、新婚夫妇、著名运动员、留学归国人员、外国友人等出现在游行队伍中和彩车上。在《锦绣中华》部分中，由"团结奋进"和"锦绣中华"两个方阵组成，代表全国31个省、市、自治区和香港、澳门两个特别行政区及台湾地区的共34辆彩车异彩纷呈。

## 未来篇

"未来篇"由游行第七部分即最后一部分《美好未来》组成。有"绘就蓝图""星星火炬""明天更美好"等3个方阵，全部由青少年组成。其中最后一个方阵有5000多名少年儿童手持彩色气球到天安门前放飞，并与天安门广场前区成千上万的青少年一起涌向金水桥，数万只和平鸽放飞蓝天。全场高唱《歌唱祖国》，天安门广场成了花的世界、歌的海洋，游行达到了高潮。

群众游行的三大篇章七个部分穿插安排了六节行进式文艺表演，这是国庆群众游行的首创。第一节1020名陕西安塞农民献上了新中国成立后，最大规模的腰鼓表演《欢乐道情》，表现出了中国人民翻身得解放的由衷喜悦之情；第二节大型集体舞《青春中国》活力四射，表现出了改革开放带给中国的伟大变革；第三节大型群舞《世纪跨越》，大气磅礴，表现出了中国跨越新世纪的豪迈；第四节大型水袖舞

《祝福祖国》和谐美好，表现出了中国的科学发展和社会和谐；第五节大型民族团结集体舞《爱我中华》，由中央民族大学的900名师生表演，具有强烈民族特色，表现出了中国56个民族的大团结；第六节《七色光》少先队鼓号队表演，充满阳光和朝气，表现出了伟大祖国的美好未来。

2400多人组成的合唱团、1500人组成的联合军乐团和130人组成的民族打击乐团联袂奉献盛大的"广场音乐会"，这也是国庆群众游行的首创。群众游行部分演唱演奏了21首人民群众喜爱，具有鲜明时代特征的标志性歌曲。由著名男高音歌唱家戴玉强和青年女高音歌唱家雷佳领唱《领航中国》。21首歌曲是：《红旗颂》《东方红》《没有共产党就没有新中国》《春天的故事》《青春啊青春》《走进新时代》《长江之歌》《江山》《今天是你的生日》《在希望的田野上》《咱们工人有力量》《祝酒歌》《红旗飘飘》《我和你》《友谊金桥架五洲》《爱我中华》《领航中国》《走向复兴》《中国少年先锋队队歌》《歌声与微笑》《歌唱祖国》。

总之，整个群众游行表演构成了"思想篇""成就篇""未来篇"三大篇章的主题思想，展示了新中国成立60周年的历程和发展变化，特别是改革开放以来现代化建设的巨大成就。

其次，参加的人数，图案组成、道具、措施方法等的变化也不少，主要有：

1.参加国庆游行群众的人数减少了，但队伍更精干了。过去参加游行的人数一般为二三十万，多者有五六十万，群众的着装，除仪仗队、文艺大队、体育大队和少先队统一外，其他群众队伍各自穿自己的衣服，色彩很不鲜艳。而国庆60周年参加游行的人数只有10万，人数少了，队伍精了，游行群众都统一着装，衣服面料很好，颜色非常鲜艳。当每个方阵走过天安门广场时，在亮丽的阳光照耀下，特别光彩夺目。

2.游行彩车更大了，效果更加美丽。过去游行彩车规定的是长10米、宽6米、高5米，通过天安门广场时显得有些矮小。藏在车内的推车人员相应要少，每辆车只有20多人，他们不推车时，就坐在车内木头架子的梁上，弯着腰，勾着腿，很难受。而国庆60周年的彩车加长、加宽、加高，据了解，一般彩车的长度为16米，最大的彩车长度有31米。推车人员相应增加到五六十人，并为推车人员设计了临时的座位，有的彩车内还设有空调，安装了厕所，非常人性化。

3.科学发展了，高科技的含量大，效果更加漂亮。过去在游行队伍中没有高科技一说，最初，连我们统计游行人数、游行时间，都是用算盘计算的。我记得有一件难忘的事，就是国庆15周年游行，分为九路队伍，为了及时掌握各路队伍队尾的行进速度，调用了部队九台发报机，每台发报机重量达四五十斤，由部队战士背着，随游行队伍的队尾行进，战士们边走边查看地面上在节日前写好的号码，随时向行进指挥总站汇报各路队尾行进速度的情况，他们有时要跑步前进，跑得满头大汗，因为那时没有对讲机和手机等工具。

还有，过去天安门广场组字、组图的指挥，组字人员每一个人手中拿了一张事先设计好的举花卡片，指挥人员在灯杆上升降不同颜色的小旗，使组字人员来变换组字或组图。这种手工的做法很笨。而国庆 60 周年广场组字、组图，用了三套信号指挥系统，即两套电子系统和无线耳麦组成的系统。并在广场灯杆上安上显示器，无声指挥队伍变化各种文字和图案，既方便又准确。

有的还用电脑控制队伍的练队和彩车的行进速度，在彩车上还利用荧光屏打出各种各样的影视，这样的效果是何等的漂亮。

4. 天安门广场背景变化多样，效果更加夺目。过去国庆在天安门广场组字、组图，变化花样比较少，一般的只有三五种，最多的也只有七八种，国庆 50 周年增加到 22 种。而国庆 60 周年天安门广场文字和图案背景最多，达到了 41 种，游行时，配合每一个方阵，通过天安门广场变化而变化。更具体地说，就是 8 万名青少年在天安门广场表演文字和图案背景，与群众游行相呼应。辛劳的双手在整个游行活

彩色气球腾空而起，少年儿童涌向金水桥

动过程中，展现出了 9 幅图案、32 个标语口号，共变化了 49 次，通过手中各种道具的翻转，展现出了巨幅图画、花卉拼图、动画凸起等效果。其中最大亮点是展示出了一幅由 2009 人托举起 1.85 米高，长 150 米、宽 120 米、面积 2 万平方米，重量达 3 吨的《江山如此多娇》的巨型图画，展现出世人罕见的壮观景色。

国庆 60 周年的群众游行是国家 60 年发展壮大的总结，是一篇优美的画卷。

# 国庆群众游行述忆

国庆节群众游行是每次国庆庆典活动中最引人注目、最热烈欢快的活动。从 1949 年中华人民共和国开国大典迄今，首都北京共举行了 25 次国庆群众游行活动，参加游行的主要是工、农、商、学、兵、党政机关干部和社会各界人士，人数累计 1100 多万人次。我从 1956 年开始，有幸一直参与国庆群众游行活动的筹备和具体组织工作。每当国庆游行群众队伍通过天安门广场接受党和国家领导人检阅时，他们以高昂的爱国热情、饱满的精神风貌、高度的组织纪律、整齐的队列展现在全国人民面前时，我们组织工作者无不感到细心的组织工作有成效，为国家展现了荣耀，有着发自内心的喜悦和自豪。现将我对国家庆典的组织，从无知到有知，从参加游行到组织者，进行概述和总结。

## 从参与者到组织者

新中国成立60多年来，首都北京共举行了25次国庆群众游行活动。其中从1949年到1970年，每年国庆节都举行一次游行。此后，只有1984年新中国成立35周年和1999年新中国成立50周年及2009年新中国成立60周年举行了游行。

国庆游行时，有时会有盛大而威严的阅兵式，新中国成立以来共有14次。其中从1949年到1959年的国庆节，每年都有阅兵式。此后，只有1984年、1999年、2009年国庆节才有阅兵式。

每年国庆节参加游行队伍的群众人数很多。有阅兵式的国庆游行，游行队伍的群众人数约有30多万；没有阅兵式时，人数约有50多万。"文化大革命"初期，1966年的国庆节，群众人数超过了100万，其中大部分都是外地来京串联的红卫兵。此后的1984年、1999年、2009年国庆节，游行队伍按照组织方队建制，人数各有20多万。

在25次国庆游行活动中，我有幸参加过20次。其中5次是从1951年至1955年，以游行群众的身份参加，是参与者；还有15次是从1956年到1999年，除1968年、1969年没有参加外，我都有幸以组织工作者的身份参加，算是组织者之一。身份不同，感受也不一样。1951年8月，我来北京到中央团校学习。10月1日第一次参加了1951年国庆节群众游行队伍。我记得节日当天，天还没亮，我们就集合队伍出发了，大家都备了点干粮做午餐。行进的队伍走走停停，速度很慢，从去到回，花了一整天，一直到晚上，天都黑了，我们才回到了中央团校。虽然大家的情绪很高，但一整天的行走，都觉得有点累。当时，我还曾经不经意地想过，假如将来有一天我能参加国庆游行筹备工作的话，一定要好好研究，如何把游行群众的集合时间尽量缩短，减轻群众疲劳。

1956年，组织上抽调我到国庆节群众游行指挥部工作，5年之后，我的想法竟然实现了。此后，我特别注意研究如何科学、合理地安排群众的集合时间。在指挥部全体同志的努力下，通过多年的实践，群众游行队伍的集合时间由原来的六七个小时，逐步缩短到四五个小时。在1984年国庆节时，只用了3个多小时，群众在游行完后，当天下午一两点钟，就能回到自己的单位或家里。

我记得刚参加群众游行指挥部时，有一件有趣的事情。20世纪50年代初，几次国庆节前，群众游行指挥部动员参加游行的女同志穿花衣服，男同志穿西服。这本是很平常的事情，要是换到现在，根本不成问题。可在当时，女同志普遍穿的是"列宁服"，她们以穿"列宁服"为荣，不愿意穿花衣服。经过几番动员，游行队伍才有了一些平日不多见的色彩，初步改变了游行群众"青一色""蓝一色"的形象。

## 缜密组织　实现预定游行时间

搞好群众游行活动，将这一庞大的数十万人游行活动按时完成是组织才能，我们是如何组织这项工作的呢？要把分散在全市各区县上千个单位几十万人的游行队伍在方向不同、距离不等、行进方式不一样（乘坐火车、汽车，徒步）的情况下，节日当天早晨用3个多小时的时间，在指定地点集合完毕并按照规定时间全部队伍通过天安门广场，接受党和国家领导人的检阅，这是一件非常不容易的事情。在党和国家领导人的关怀下，在北京市委的领导下，通过多次积累宝贵经验，我们的工作开展得有条不紊，确保了游行队伍整齐而顺利地通过天安门广场。首先，顺利集合队伍。规定了集合地点、集合路线和集合时间。其次，把握行进速度。规定了各种队伍通过天安门广场所需要的具体时间，在节日前进行速度训练。最后，安排好队伍疏散。规定了队伍疏散速度、疏散路线和疏散地点，确保游行队伍能有秩序地通过天安门广场并畅通无阻。如1984年新中国成立35周年国庆游行活动时，为了做到万无一失，节日前我们组织游行队伍在天安门广场进行了实地演习。通过演习发现，游行队伍通过天安门广场的实际时间比原定时间超过了两分多钟，这不符合中央提出的整个游行活动必须在两小时内结束的要求。

怎么办呢？让阅兵部队减少时间不可能。如果让群众游行队伍减少人数，群众热情很高，并已经训练了很长时间，让他们临时撤下，谁都不愿意，但超过的两分多钟时间必须减下来。而此时时间紧迫，再过两天就到"十一"了。

在这紧急时刻，我灵机一动，想出了一个两全其美的办法，就是把群众游行队伍行进乐曲的节奏速度加快半拍。也就是说，把原规定的每分钟行进116步调快到每分钟行进120步。这样，队伍的行进速度略微加快，就把超过的2分多钟时间找了回来。

节日当天，群众游行的庆祝时间用了两个小时。12点整，游行队伍的队尾通过天安门广场。这时，在天安门前观礼台上的中外来宾拍手叫好。有的来宾说："几十万人的游行队伍，按预定两小时一分不差地通过天安门广场，真是神了！就是机械化也不一定分秒不差，中国人、北京人真了不起。"有的外宾说："我活了几十年，从来没有见过这样雄壮、美丽的游行场面。印象终身难忘！"有的外宾说："在世界上我还从来没有见过这么伟大的场面。中华民族实在了不起！"有的美籍华人对这次国庆庆典活动给予高度评价："国庆游行壮国威，振民心！这是新中国成立以来伟大成就的检阅，是人民感情的自然流露，是对过去的很好总结，也是对将来的很好誓师，是一次顺应民意的庆典，也是对海内外中华儿女的生动教育。"

## 改正队伍不"扭秧歌"不"断线"

改正群众游行队伍不许在天安门前"扭秧歌"和"断线"。天安门金水桥前东西500米的地段，是游行队伍"亮相"的关键部位，游行队伍通过这个区域时的表现，是组织工作成败的标志。从整个游行队伍说，除了游行群众要情绪饱满，队容要色彩缤纷以外，还要保持队形的整齐壮观。

但是，在过去群众游行队伍中也曾出现一些不尽如人意的地方。如游行群众由长安街从东向西行进，经过天安门主席台前时，由于对领袖的热爱，总想看毛主席看得更真切一些，离毛主席更近一些。于是各路队伍自然就改变了直行的路线，而向主席台的方向（北面）靠，使主席台前队形急剧扭曲，形成几条大 S 形状，有人戏谑地形容为"扭起来秧歌"或"耍起了龙"。

有时还出现游行队伍前后不连贯，有的路纵队中间断了线，没有后续队伍来接着，就像麦田缺苗断垄，出现一小块一小块的空白地。很碍眼、很难看，大大地影响了游行队伍的整体效果。

这些问题，引起了主席台上的关注，彭真同志曾专责问过。游行指挥部于是下了决心：游行队伍绝不能在天安门前"扭秧歌"或者"耍龙"和"断线"。经过不断地改进工作，采取了一些措施来改正和预防这种现象的发生。

一是设立定点标兵。每隔两米站一人，在从南池子路口到南长街路口的 1000 米地段设置若干条标兵线（有多少路队伍就设置多少条标兵线），标兵身穿白衬衣，佩"标兵"臂章，形成一条条标兵"胡同"，令各路游行队伍沿着标兵"胡同"走，按规定的宽度和速度前进，避免向北面靠拢，向一边扭曲。各路标兵随游行队伍的队头进入，随游行队尾撤离，因此，不致显露出来而为天安门前观礼者注意。

二是做好思想工作和采取具体措施。研究分析"断线"的原因，是有少数游行群众往往在主席台前向天安门城楼上张望而滞留不前，前面的队伍已经离去，后面的还在原地未动。于是指挥部在节日前向游行群众做要顾全大局的工作，并规定：任何队伍一律不许在天安门前停留（即使是文艺大队，也只宜在进行中表演），为此，又在一些队伍中设定了"行进标兵"（指定一部分游行群众兼负此责），并且派专人（佩戴指挥证件）在天安门前纠察，防止各路队伍减速或滞留。同时，给定点标兵增加了催促各路队伍跟上，防止"断线"的附带任务。游行群众对指挥部采取的措施，都很理解支持和照办。为此，在后来的游行队伍中均未出现"扭秧歌"或"耍龙"和"断线"的现象。

## 游行队伍 整齐有序

群众游行队伍的顺序，在不同时期有不同的排列。随着天安门广场的改建和东西长安街路面的扩宽，群众游行队伍的横排面也发生了相应改变。

新中国成立初期，天安门广场两侧尚有东、西三座门，群众游行队伍横排面为60人，分五路纵队通过。三座门拆除后，东西长安街路面加宽。1964年国庆节，群众游行队伍的横排面增至150人，分九路纵队通过天安门广场。

1965年以前，国庆节群众队伍的顺序一般为：仪仗队、少先队、工人队伍、农民队伍、工商界队伍、城区队伍、机关干部队伍、高校队伍、首都民兵师、体育大队、文艺大队。

"文化大革命"期间，群众游行队伍的顺序略有改动，分别是：前卫队、三军队伍、工人队伍、农民队伍、居民队伍、机关干部队伍、中学师生队伍、大学师生队伍和文艺大队。

1984年的国庆群众游行，采取了方阵编制队伍，共编成68个方阵，每个方阵内设立纵横标兵，控制行进速度和间隔距离，确保队伍通过天安门广场的精确时间。群众队伍的横排面改为100人，分四路纵队在南池子南口汇合成一个个方阵，整齐有序地通过天安门广场。游行的顺序也有较大调整，分别是：仪仗队、农业队伍、工业队伍、科教队伍、居民队伍、体育大队、文艺大队和少先队。队伍行进各有相应的乐曲对照，别出心裁，仪仗队是《歌唱祖国》，农业队伍是《在希望的田野上》，工业队伍是《咱们工人有力量》，科教和居民队伍是《中国，中国，鲜红的太阳永不落》，体育大队是《运动员进行曲》，文艺大队是《祝酒歌》，少先队是《我们是共产主义接班人》。

1999 年的国庆节，群众游行队伍的顺序又有了很大改变。顺序排列是：先是仪仗队，之后分为三大部分，第一部分是"开国·创业"，有毛主席画像彩车方队、雕塑彩车方队、舞狮方队、大型红旗方队等。第二部分是"改革·辉煌"，有邓小平画像彩车方队、农业水利方队、工业方队、环保卫生方队、各种经济成分和特区建设方队等。第三部分是"世纪·腾飞"，有江泽民画像彩车方队、奋斗目标和 31 个省市自治区及港澳台地区彩车方队和少先队员方队等。

2009 年的国庆节，群众游行队伍的顺序有了新的变化。分为三大部分，第一部分是"思想篇"，由《奋斗创业》《改革开放》《世纪跨越》《科学发展》组成，有"浴血奋斗""开天辟地""毛泽东思想""艰苦创业"等 10 个方阵。第二部分是"成就篇"，由《辉煌成就》《锦绣中华》组成，有"农业发展""工业发展""和谐家园""同一个世界"等

19个方阵。第三部分是"未来篇",由《美好未来》组成,有"绘就蓝图""星星火炬""明天更美好"等3个方阵。

## 广场布置　除旧出新

天安门广场是天安门观礼台上的来宾目视时间最长的区域,如何使这个区域装饰得更有节日气氛,是个重要课题。50年代初期几年国庆,广场群众只是手持国旗、红旗、各单位旗和一些花束,千篇一律,内容平淡,形式简单。后来,经过工作人员的努力,有了根本性的改变。广场有组字,上空飘悬气球标语,内容由简单到复杂,组字数由少到多,由组成标语到组成图案。

如开始用花束只组成"国庆"两字,到十年大庆时,组成了国徽+"1949—1959"的图形。以后又增加了"毛主席万岁"的标语和"旭日东升"图案。35周年大庆时,除组成了国徽+"1949—1984"的图案外,还组成了"祖国万岁""振兴中华""保卫和平""中国共产党万岁"等标语,大为会场增辉。

广场上空飘悬气球标语。50年代早期广场上空是空荡荡的,没有布置。为了增加浓厚的节日气氛,十年大庆时,用直径3米的大气球在广场上空悬起了12条大标语。1965年国庆时,用5个直径6米的气球做成大红宫灯型,上面写着

"毛主席万岁"金字标语，标语两旁用两个大气球吊起两个直径7米的花篮。1967年国庆时，在广场东、西两侧又用大气球携带了26条大标语。1984年国庆节，用16个宫灯型气球做成了16个字的大标语，"庆祝中华人民共和国成立三十五周年"，飘悬在广场北端的上空。把天安门区域从天空到地面都装饰得五彩缤纷。气球标语的利用使广场成为立体形状，气势宏伟，惹人注目。

游行即将结束时，广场群众拥向天安门，可以说是庆典高潮。当游行队伍的尾队走过天安门西华表，部署在广场北端的几个方阵的少先队员，随着庞大的解放军军乐团方阵，伴着《社会主义好》等乐曲整队前进。广场内的10余万组字群众，也跟着一齐拥向天安门方向，其势直如钱塘江潮，后浪催前浪，蜂拥而上。同时，广场上放起千只鸽子和数千枚彩色气球，在少先队员的欢呼声中，在10余万群众热烈的口号声中，伴随着广场上空阵阵的连珠炮般爆响的礼花弹声，全场一片喧腾。庆祝活动在鸽子翻飞中、气球标语飘荡中、礼花弹声中、全场群众的欢呼中结束。

## 主题变化　反映时代特征

每一次国庆节，群众游行队伍的队容、主题都有相应调整和变化，反映着各个时代特征。这25次国庆群众游行活动,大体可分为五个阶段。

第一阶段,从 1949 年到 1965 年,这些年的每次国庆游行队伍,一般反映着中国各个时期社会主义革命和建设的辉煌成就,反映党和国家在现阶段的路线、方针、政策。国庆游行队伍利用大型图表、模型和标语等形象化的表现形式,来说明中国最新的建设成就和发展方向。同时,也寓意着广大工农队伍和广大干部向国庆献礼。

第二阶段,从 1966 年到 1970 年,"文化大革命"期间的国庆游行从群众的队容安排上,凸显毛泽东是当代最伟大的马克思列宁主义者,反映活学活用毛主席著作的群众运动蓬勃发展、中国无产阶级革命派的大无畏的精神风貌、"文化大革命"取得的"成果"。

第三阶段,1984 年的国庆游行队容反映了新中国成立35 年来全国各条战线所取得的伟大成就,表现了中共十一届三中全会后的历史性转折,展示了改革开放的特点和风貌。在农业队伍的队首,用 5 部拖拉机组成的"联产承包好"5个大字的彩车,反映了改革是从农村开始的以及当时农民群众的心声;在工业队伍中,有深圳经济特区制作的"大鹏展翅"的大型彩车模型,并有邓小平的题词:"深圳的发展和经验证明,我们建立经济特区的政策是正确的""把经济特区办得更快些更好些",反映了改革开放初步取得突破性成果的时代特征。

第四阶段，1999 年的国庆游行队容反映了新中国成立50 年来各方面取得的伟大成就。游行队伍分别展示了"开国·创业""改革·辉煌""世纪·腾飞"三个主题，生动地反映了新中国成立 50 年特别是改革开放 20 年来，在三代中央集体的领导下发生的翻天覆地的变化，体现了国家政治稳定、经济发展、民族团结、社会进步和国际地位日益提高的大好形势，表现了全国各族人民奋发努力、满怀豪情迈向新世纪的精神风貌。

第五个阶段，2009 年的国庆游行队容，以回顾中国共产党领导全国各族人民的奋斗史、创业史、改革开放史为主线，以"我与祖国共奋进"为主题，按照高举旗帜，展示成就和面向未来，分为"思想篇""成就篇""未来篇"三大篇章共七个部分。即：《奋斗创业》《改革开放》《世纪跨越》《科学发展》《辉煌成就》《锦绣中华》《美好未来》。使整个游行队伍展示出了新中国成立 60 周年的光辉历程和发展变化，特别是改革开放以来现代化建设的巨大成就。

## 坚强意志　风雨无阻

新中国成立 60 多年来，这 25 次国庆群众游行活动，大部分遇到的都是比较好的天气，但也有下雨的时候。我记得 1956 年国庆节时就下了雨，从早晨就开始连绵阴雨，几十万游行群众在集合地淋雨受冻。有的群众虽然穿了雨衣，但也被雨水浇了个湿透，有些群众冻得瑟瑟发抖。那天到游行正式开始时，雨越下越大，算得上是倾盆大雨了，游行群众手中所持的纸花被雨淋得只剩下一根棍了。但是，整个群众队伍，特别是仪仗队、少先队、体育大队和文艺大队的队员们，穿的虽然是很单薄的衣服，但个个精神抖擞，斗志昂扬。他们意志坚强，冒着大雨，迈着雄健整齐的步伐通过天安门广场，接受中央领导人的检阅。在天安门城楼上观礼的印度尼西亚总统苏加诺感动得向北京市市长彭真伸出大拇指。有的外宾意味深长地说："这是中国人民革命意志的检阅！"

风雨无阻的国庆游行队伍，是广大群众高度组织纪律性和高度政治觉悟的反映，也是中共北京市委领导未雨绸缪的结果。我记得当时彭真市长在多次国庆节筹备会上都强调指出：集会或游行期间，如果发生意外事件，大会照常进行。不论是下雨、下刀子、扔炸弹、甩原子弹，都绝对不能动。所以，1956年这次国庆节游行，虽然遇到大雨，群众游行队伍照样按计划行进。我记得，这次游行刚结束，彭真同志就从天安门城楼上打电话给游行指挥部，要求迅速通知参加游行的各单位立即准备好姜汤，让所有参加游行的群众都喝，预防生病。

## 争先恐后　磨炼意志

每次国庆游行，各方面的人士都很向往，十分希望能够参加国庆游行活动。我记得有一年，在国庆游行任务下达后，北京各高等院校的同学们争先恐后，报名十分踊跃，人数大大超额，一些学校只好优中选优，张榜公布名单。有的同学看到自己榜上无名，流着泪找学校负责人要求参加游行。

北京五中有一名高一的学生在决心书中写道："我们要通过游行让世界人民看到中华民族的欣欣向荣、兴旺发达的景象，热爱祖国不是一句空话，我们一定向祖国交上一份合格的答卷，以实际行动为国争光。"清华大学参加游行的同学们说："我们有幸代表全国的青年向祖国表达赤诚，一定以优异的成绩向祖国献礼，让世界人民从我们身上看到中华民族的腾飞和中国的希望。"北京七七四厂800多名参加游行的职工，虽然女同志和年过四旬的人占半数以上，但他们在训练时精神抖擞，一丝不苟。许多同志练完队列后，又回到车间加班完成生产任务。在他们的带动下，全厂职工的生产热情和干劲倍增，组织性和纪律性明显增强。

参加国庆游行的队列训练活动，对参加者的意志、品质、思想作风都是一种磨炼与考验。我记得有一年国庆游行训练期间，清华大学一名同学不慎把腿摔伤了，训练时裤腿磨着伤口，鲜血直流。他把裤腿卷起来，坚持训练。当别人问他是什么力量支持你坚持训练时，这个同学回答："参加国庆的游行，是一种实实在在的考验和磨炼，它在我的一生中是一次十分重要的经历，并将永远留下令人难忘的回忆，我一定要克服困难，坚持把队练好。"北京电力学校一名同学说："我们是热血青年，是祖国母亲的儿女，作为儿女，为了母亲的荣誉、祖国的尊严，训练中流再多的汗、掉再多的肉也是值得的。"

参加游行鼓号训练的少先队员们，每天早晨6点钟就开始训练，他们从不缺勤，用很短的时间就学会了多套号谱。我记得有一年，北京一七八中有位同学右手骨折打了石膏，他用左手持号坚持练习，别人问他是什么动力鼓舞你坚持训练，他说："每当想到'十一'那天我们将通过天安门广场接受中央领导检阅的幸福时刻，我就浑身是劲，再痛也不怕。"有的队员吹号把嘴唇吹肿了，仍然坚持练习；有的队员打镲把手磨破了，贴上胶布继续训练。

### 纪律性强　默默奉献

1964年国庆节的群众游行，通过天安门广场的队伍横排面为150人，分为9路。由于各路队伍来自不同方向，因此，各路队伍到达天安门广场的速度有一定的差异，各路队尾通过天安门广场时会出现长短不齐的现象。为解决好这一问题，当时采取了取长补短的"补尾"方法，即将个别队尾过长的队伍在进入广场之前切补到队尾短的队伍上，使进入天安门广场的游行队伍始终保持150人的横排面，保证队尾美观、整齐。

"补尾"一般是在南河沿南口附近开始切补，一直切补到队尾进入天安门广场。如此往复，基本上能把各路队伍的队尾切补整齐，使游行队伍美观地通过天安门广场。因此，"补尾"可谓庆典游行的一"绝"。

"补尾"进行的时间很短，行动很迅速。补尾的任务由大专院校的学生担任，他们年轻，反应灵敏，节奏快，政治热情高，组织纪律性强，服从命令听指挥，指到哪里就冲到哪里。为了取长补短，这些学生像跑100米的速度前进，有时还需要来回跑。他们毫无怨言，总能圆满地完成所有的"补尾"任务。

在"补尾"时，各路队伍前后左右调动，秩序一度比较乱。为了掩盖这种忙乱的局面，不让天安门前观礼台上的中外来宾看到，我们采取了"声东击西"的办法。在天安门广场前的少先队队伍中，有意安排五彩缤纷的气球，当"补尾"开始时，就让少先队员放气球，把观礼台上中外来宾的目光集中到广场上空的气球处。当中外来宾的目光又转向游行队伍时，"补尾"工作已经结束，各路队伍的队尾正在整齐地通过天安门广场，从而始终给中外来宾留下十分美好的印象。

在历次国庆游行中，为体现全国各条战线的工作成就，在游行队伍中常常安排各种各样的大型模型彩车。每部彩车的重量有十几吨，行进时，彩车要跟随群众游行队伍同步前进。因车速很慢，行进途中很容易发生熄火现象，若一时打不着火，彩车一停步，就会影响整个游行队伍的行进速度和队容的整齐。

为避免彩车抛锚，每辆彩车都安排约20名群众藏在车内，遇到熄火时，他们立即下地在模型内推车。推车的同志看不到外面的热闹场面，外边的人也看不到他们的工作。推车时必须掌握好速度，推快了，车头就会碰撞到车前的人，容易出事故；推慢了，车前就会出现空当，影响队伍的美观。如在新中国成立35周年国庆游行的时候，这次游行队伍中共有100多部模型彩车，推车人员约2000多人。他们藏在车内，工作很辛苦，空间不大，站时要弯着腰，坐时需悬着腿，而且车内又闷又热，很不好受，但这些同志为了祖国的荣誉，默默奉献，甘当无名英雄。

## 忙碌不停　无怨无悔

新中国成立 60 多年来 25 次国庆群众游行活动，也凝结了组织者的很多心血。为了实现群众游行实施方案，节日当天，在天安门广场两侧的东、西标语塔下，都要设立指挥总站，全面负责整个游行队伍的集合、密集、行进、疏散、计时的指挥工作。指挥总站的工作，都由北京市的同志负责。我记得曾任指挥总站指挥的有张彭、宋硕、韩光和徐世正，曾参与组织工作的有何平、张剑平（市政府）、边宝骏、孙玉华（市委）、赵知敬（市规划局）、马林森（市建材局）、薛阴广（市房管局）、孙伯戡（市政协）等同志。

每次国庆群众游行时，在游行队伍经过的东、南、西、北城的主要路口，一般还设有 40 多个负责集合、行进、疏散任务的指挥分站，指挥分站的负责人多由北京市委，市政府，各部、委、办、局、处、室的年轻力壮的领导同志担任，各站工作人员大约有 500 名，他们为确保各路段游行队伍按规定的时间和速度通过各指挥分站所辖区域，避免队伍出现交叉、堵塞、停留、追赶甚至倒灌现象，做了大量工作。

各指挥分站的工作人员工作非常辛苦，却又默默无闻。各指挥分站的现场地点大部分都远离天安门广场，这些工作人员坚守岗位，指挥游行队伍，却从未亲眼看过游行队伍通过天安门广场时的壮观场面，只能从广播中听到一些情况。他们一大早就要来到现场，当队伍出现问题时，他们就要不断地来回奔跑，对队伍进行调整、疏导。队伍通过天安门广场后，有的群众想早点回家，加快了疏散速度，很可能导致广场内队伍出现断档，工作人员又得跑来跑去，来回地进行疏导、调整，尽管满头大汗，却没人叫苦。

上面我曾讲到1964年国庆节群众游行时进行了队伍"补尾"。当时，由于通信设备落后，没有对讲机、手机等设备，只好请部队战士背着重量达四五十斤的发报器，在游行队尾随时向指挥总站报告各路队尾的行进速度、到达各地点的时间，使指挥总站及时掌握各路队尾的情况，为最后的"补尾"提供可靠的依据。战士们随队尾只能行进到南河沿南口，不进入天安门广场。在行进中，他们要寻找事先画好的速度标志，有时还要边跑边找，跑得气喘吁吁，大汗淋漓，但他们毫无怨言。他们虽然为不能通过天安门广场接受党和国家领导人的检阅而感到遗憾，但却为自己付出的汗水和辛劳换得通过天安门广场整齐壮观的游行队伍而倍感欣慰。

## 苦中有甜　累中有乐

国庆游行活动的组织者多是北京市委、市政府系统各部门的工作人员。每当中央作出举行国庆游行的决定后，他们就被临时抽调到国庆游行指挥部工作，通常是提前两三个月，逢五逢十的国庆节则提前五六个月开始准备筹备工作。这些同志有的从 1949 年开国大典就开始参与群众游行的组织工作，虽然每次国庆筹备工作都增加一些新同志参与，但几十年始终保留了一批有丰富游行活动组织经验的老同志，总负责人是辛毅同志，主要有吴恒、李大伟、张道一、郭福长、崔琨、青韦、何其祥、姜金海、杨颖慧、陈汉民、袁力荣等。他们轻车熟路，召之即来，来之能战，战之能胜，可以在很短的时间内完成各项艰巨任务。

即使在政治环境不正常的情况下，我们也是想尽办法，圆满地完成游行组织工作。当时为了工作方便，领导给我临时安了一个指挥部办公室副主任的头衔，主任是北京市政府外事办公室主任张世杰。记得在 1966 年 8 月的一天下午，我们正在天安门国庆群众游行指挥部紧张地进行筹备工作，突然有十几个中学生红卫兵来到指挥部造反。他们先是把我们办公室的工作人员围住，然后把我们集中在一间房子里，让我们学习毛主席语录，并提出要参加指挥部的筹备工作。

当时我想，指挥部的工作人员都是市里从各个部门抽调政治可靠、有工作经验的工作人员参加，不是什么人都可以参加的，红卫兵绝不能参加。可形势所迫，不能硬顶，那样会误事。正十分焦急、犯愁之际，我灵机一动，对红卫兵说我要上厕所。借这个机会，我从指挥部后门溜了出来，直接到人民大会堂找叶剑英同志（当时叶剑英负责国庆节游行工作）。我向他汇报完情况后，他非常生气，拍着桌子说："这些红卫兵是胡闹！不能让他们参加，让他们走。"我听了叶剑英同志的话，心里有了底。在回来的路上，我想，对红卫兵是硬不得，也软不得，怎样才能让他们走呢？必须琢磨出一个招儿。

于是我先去市政府外事办公室找张世杰主任商量。我提出建议：把指挥部大部分工作人员临时撤到市政府办公，在天安门指挥部只留几个工作人员，对付红卫兵。张世杰同意了我的意见。这一招儿还真灵。没过几天，红卫兵待在指挥部里觉得没什么意思，就没趣地走了。他们走后，我们又回到天安门指挥部办公，筹备工作没有被耽误，游行方案也及时搞了出来。向叶剑英同志汇报后，他同意了这个方案。按照这个方案，国庆节当天，群众游行队伍顺利地通过天安门广场，接受了毛主席和中央领导的检阅。

我们这些参加游行组织工作的同志都深深地感到自己肩上的责任重大，任务光荣，为了国家的荣誉，必须尽自己最大的努力，以最高的工作热情，最强的组织纪律性，最佳的精神状态，团结一致，全力以赴，一丝不苟，精益求精，全身心地投入工作。

多年来，我们中的许多同志为此放弃了数不清的休息日，度过了无数个不眠之夜。虽然工作十分紧张、艰苦而又劳累，但当每次圆满完成游行任务之后，大家都有说不出的喜悦，感到苦中有甜，累中有乐，时至今日，想起这些往事，仍历历在目，感慨不已。我们感到为国家的强大辉煌做出了贡献，为世界看到东方崛起的中国做出了贡献。

# 国庆游行队伍是怎样组织的

历次首都国庆群众游行，都是按照中央和北京市委总的部署进行的。国庆群众游行指挥部，负责总的组织指挥工作。如何使群众游行队伍，在规定的时间内，整齐、热烈、壮观、顺利地通过天安门广场，接受党和国家领导人的检阅是一门科学。我曾多次参加群众游行指挥部的筹备工作，对此深有感受。

指挥员在战场上，指挥千军万马，是一门军事科学。那么，把分散在北京全市各区县上千个单位、几十万人的游行队伍，在方向不一、距离不等、交通工具不同（有乘坐火车、汽车和徒步）的复杂情况下，按照规定的时间，组织调遣到指定的地点，并保证一个小时（有阅兵式）或两个小时（无阅兵式）之内，让所有游行队伍一点不差，按时地通过天安门广场。这也是一门科学，这门科学，在书本上找不到，只有在实践中学来。

搞好国庆群众游行的各项筹备工作，要有指挥的才能，创新的设想，大胆果断的魄力和高度的政治责任心，要科学地安排，严密地组织，严格地要求，掌握好群众游行队伍集合、进行、疏散的规律，才能完成这一艰巨的任务。主要从以下四个方面细说：

## 科学安排队伍集合

集合、密集工作是整个游行队伍的基础。队伍能够按时按顺序集合、密集好，才能保证行进的顺利。怎样确保全部队伍在最短的时间内按规定的集合地点集合完毕呢？主要采取以下措施：

### （一）确定队伍的横排面宽度和路数

为保证几十万人能在规定时间内顺利集合，首先要根据天安门广场和东、西长安街马路的宽窄状况，来确定游行队伍的横排面宽度和路数。几十年来，随着广场的改建和东、西长安街的路面扩大，游行队伍的横排面宽是不断增加的，由60人的横排面逐步增加为80人、100人，最宽的达到150人。路数由5路增加到9路。

在新中国成立初期，天安门广场两侧尚有东、西三座门存在，当时，群众游行队伍的横排面为60人，分为五路：

一路队伍为 20 人横排面，走在三座门北侧的马路；二路队伍为 6 人横排面，走在三座门北边的门洞；三路队伍为 8 人横排面，走在三座门中间的门洞；四路队伍为 6 人横排面，走在三座门南边的门洞；五路队伍为 20 人横排面，走在三座门南侧的马路。

拆掉三座门，东、西长安街路面扩大之后，在国庆 15 周年群众游行队伍的横排面为 150 人，分为九路，根据马路的宽窄，一至五路横排面各为 20 人，六、七路横排面各 15 人，八、九路横排面各 10 人。各路队伍行进到南池子南口会合为九路、150 人横排面通过天安门广场。

### （二）分配游行人数和排数

根据总的游行时间、人数的要求，确定各种队伍的具体排数的长度，下达给各有关分指挥部。在确定人数、排数和集合位置时，要考虑到有无阅兵部队。如没有阅兵部队，一部分游行队伍可以集合在东长安街马路上，参加游行的人数就较多。如国庆 15 周年无阅兵，组织了 70 万人。如有阅兵部队，参加游行的人数就少一些。如国庆 35 周年，只组织 30 来万人，东长安街马路全部由阅兵部队集合，群众游行队伍分散在东长安街马路南、北胡同内和北京站北口以东建国门内大街马路上。

## （三）规定集合地点

根据各种队伍、各单位的人数、排数和总长度，准确划定各种队伍、各单位的具体集合地点。节日前，各领队都要到现场查看，熟悉地形，做到心中有数。

### 群众游行队伍集合地段分配表

| 队伍名称 | 路别 | 排数 | 地段米数 | 集 合 地 区 | |
|---|---|---|---|---|---|
| | | | | 起 点 | 终 点 |
| 仪仗队 | | | 320 | 广场东侧路以东马路南侧30米宽和南北便道 | 南池子南口 |
| 农业队伍 | 一 | 117 | 80 | 东单路口 | 东单二条东口以北10米处 |
| | 四 | 233 | 140 | 栖凤楼南口以东26米处 | 南衣袍胡同南口以西20米处 |
| | 四 | 165 | 170 | 正义路北口以南50米处 | 正义路北口以南215米处 |
| | | 100 | | 南河沿南口内 | 南河沿南口以北100米处 |
| 工业队伍 | 一 | 356 | 250 | 东单二条东口以北10米处 | 西总布胡同西口以南10米处 |
| | 二、三 | 539 | 460 | 南衣袍胡同南口以西20米处 | 贡院西街南口西侧 |
| | 四 | 356 | 250 | 正义路北口以南215米处 | 正义路十字路口以北40米处 |
| 科教队伍 | 一 | 344 | 230 | 西总布胡同西口以南10米处 | 东堂子胡同西口以南10米处 |
| | 二、三 | 361 | 311 | 贡院西街南口东侧 | 建国门立交桥中间 |
| | 四 | 344 | 230 | 正义路十字路口以北40米处 | 正义路南口 |

| 队伍名称 | 路别 | 排数 | 地段米数 | 集 合 地 区 | |
|---|---|---|---|---|---|
| | | | | 起 点 | 终 点 |
| 居民队伍 | 一 | 85 | 60 | 东堂子胡同西口以南10米处 | 红星胡同西口以南20米处 |
| | 二、三 | 85 | 60 | 建国门立交桥中间 | 建国门立交桥东桥头 |
| | 四 | 85 | 60 | 正义路南口 | 前门东大街9号门西侧（北自行车道） |
| 体育大队 | | 383 | | 台基厂北口 | 台基厂南口 |
| | | | | 大华路北口 | 大华路南口 |
| 文艺大队 | | 560 | | 东单头条马路上 | |
| | | | | 王府井南口 | 大帽胡同东口北侧 |
| 少先队 | | 377 | | 南池子南口内 | 文化宫东门南侧 |
| | | | | 南河沿南口以北100米处 | 南河沿北口以南100米处 |
| | | | | 大帽胡同东口北侧 | 王府井大街北口 |

## （四）规定集合时间

把各种队伍集合的时间错开，分为若干个时间段，每段为半小时，按照游行队伍排列的先后顺序，先开始游行的队伍先集合，后开始游行的队伍后集合，既不能早到，也不能迟到。集合从节日当天早晨6点半开始，9点45分集合完毕。

### 各种队伍集合时间

| 队 伍 | 开始集合时间 | 集合完毕时间 | 备 注 |
|---|---|---|---|
| 广场队伍 | 6:30 | 8:30 | 从东城地区来的队伍 7:30 集合完毕 |
| 仪 仗 队 | 7:00 | 8:30 | 从东城地区来的队伍 7:30 集合完毕 |
| 农业队伍 | 7:00 | 8:30 | 一路队伍 8:00 集合完毕 |
| 工业队伍 | 7:30 | 9:00 | 一路队伍 8:00 集合完毕 |
| 科教队伍 | 8:00 | 9:30 | 一路队伍 8:30 集合完毕 |
| 居民队伍 | 8:00 | 9:45 | 一路队伍 8:30 集合完毕 |
| 体育大队 | 8:30 | 9:45 | 从东城地区来的队伍 8:30 集合完毕 |
| 文艺大队 | 8:30 | 9:45 | 从东城地区来的队伍 8:30 集合完毕 |
| 少 先 队 | 7:00 | 8:30 | |

## （五）规定徒步和乘车的集合路线及停车地点

乘车进城集合的队伍，规定其行车路线、下车地点和车辆停放地点，在规定车辆停放地点时，既要考虑方便队伍的集合，又要方便队伍的疏散。

123

## 徒步队伍集合路线

| | 队伍来处 | 经过主要街道 | 说明 |
|---|---|---|---|
| 广场队伍 | 宣武地区 | 1. 和平门、西交民巷<br>2. 广场西侧路 | |
| | 崇文地区 | 1. 崇文门、东交民巷<br>2. 台基厂、东交民巷<br>3. 广场东侧路 | |
| | 西城地区 | 1. 南、北长街、府右街、西单北大街、西长安街<br>2. 西交民巷、东绒线胡同 | |
| | 东城地区 | 1. 南、北池子，南、北河沿，晨光街、王府井大街、东长安街<br>2. 朝内南小街、北京站街、东单北大街、崇内大街、东交民巷 | 1. 7:30 以前通过<br>2. 8:30 以前通过 |
| 少先队 | 宣武地区 | 广场东侧路、广场东便道、东长安街 | |
| | 崇文地区 | 1. 崇文门、东交民巷、台基厂东长安街<br>2. 崇内大街、东长安街 | |
| | 西城地区 | 1. 东、西长安街<br>2. 西安门大街、景山前街、北池子 | |
| | 东城地区 | 自择路线 | |
| 文艺大队 | 崇文、宣武地区 | 崇内大街、东长安街 | |
| | 西城地区 | 西安门大街、景山前街、北池子、东华门大街、晨光街 | 8:30 以前通过 |
| | 东城地区 | 自择路线 | 8:30 以前通过 |

## 乘车队伍集合路线

| | 车辆来处 | 经过主要路线 | 下车地点 | 说　明 |
|---|---|---|---|---|
| 广场队伍 | 北、西北、东北、东方向 | 北二环路、东二环路、崇文门东大街 | 前门东大街 | |
| | 西、西南方向 | 西二环、宣武门西大街、前门西大街 | 前门东大街 | |
| | 南、东南方向 | 崇文门外西大街 | 前门东大街 | |
| 仪仗队 | 北、西北、东北、东方向 | 北二环路、东二环路、崇文门东、西大街、前门东大街 | 前门东大街 | |
| | 南、西南方向 | 南三环路、天坛东侧路、崇外大街、崇文门西大街、前门东大街 | 前门东大街 | |
| 少先队 | 西城、宣武地区 | 宣内大街、西单北大街、西安门大街、景山前街、东四西大街、东四南大街、灯市口大街 | 灯市口西口 | |
| | 石景山、海淀地区 | 西二环路、北二环路、雍和宫大街、东四南、北大街、灯市口大街 | 灯市口西口 | |
| | 崇文地区 | 崇外大街、崇文门东大街、东二环路、朝内大街、东四南大街、灯市口大街 | 灯市口西口 | |
| | 朝阳地区 | 东二环路、东直门内大街、东四十条、朝内大街、东四南、北大街、灯市口大街 | 灯市口西口 | |

续表

| | 车辆来处 | 经过主要路线 | 下车地点 | 说　明 |
|---|---|---|---|---|
| 体育大队、文艺大队、农业、工业、科教的二、三路队伍 | 西北、西、北方向 | 西二环路、北二环路、东二环路、崇文门东、西大街 | | |
| | 东、东北方向 | 东二环路、崇文门东、西大街 | | |
| | 南、东南、西南方向 | 南三环路、天坛东侧路、崇外大街、崇文门东、西大街、东二环路 | 科教队伍在建国门立交桥北侧。工业队伍在建国门立交桥南侧。农业、文艺队伍在崇文门。体育大队在崇文门、台基厂南口 | 包括农业一路队伍 |
| 工业、科教一路队伍 | 西、北、西北方向　东、东北方向 | 西二环路、北二环路、雍和宫大街、东四南、北大街东二环路、东直门内大街、东四十条、朝内大街、东四南、北大街 | 灯市口东口朝内大街 | |
| | 南、东南、西南方向 | 南三环、天坛东侧路、崇外大街、崇文门东大街、东二环路、朝内大街、东四南大街 | 灯市口东口 | |
| 农业、工业、科教四路队伍 | 西、西北、东北、东方向 | 北三环、东二环、崇文门东大街、前门东大街 | 正义路南口 | |
| | 南、西南方向 | 崇外大街、前门东大街、崇文门西大街 | 正义路南口 | |

## （六）掌握集合队伍通过主要路口时间、人数的流量

为防止队伍在集合途中出现交叉和堵塞现象，要规定各单位队伍的具体出发时间，沿途经过的主要路线和路口，并详细规定什么单位的队伍必须在什么时间，通过哪个主要路口。要先掌握全市有关街道宽窄和主要路口大小的情况，并把队伍必须经过的主要路口的流量测算好。只要各个单位的队伍按规定时间和规定路线通过，就不会发生交叉和堵塞。万一遇到队伍交叉和堵塞的情况，则由各路口设置的指挥分站负责进行疏导，视事先分给每个队伍的集合时间和进行路线的"通行证"，让集合时间在前的队伍先通过。

## （七）做好队伍的密集工作

为使队伍行进时不拉距离、不跑步、不断线，在队伍开始行进之前进行密集。以国庆35周年为例，密集时间，规定农业队伍10点25分密集完毕；工业队伍10点40分密集完毕；科教、居民队伍10点55分密集完毕；密集地段的具体规定，密集方法，由密集时两米占三排队伍，密集到每米占两排队伍，各种队伍之间不留空当。各级指挥人员要保证按照规定把队伍密集好。

## 群众游行队伍密集地段分配表

| 队伍名称 | 路别 | 排数 | 地段米数 | 密集地区 | |
|---|---|---|---|---|---|
| | | | | 起点 | 终点 |
| 仪仗队 | | 320 | | 同集合地段 | |
| 农业队伍 | 一 | 117 | 60 | 东单路口 | 东单二条东口以南10米处 |
| | 二、三 | 233 | 130 | 栖凤楼南口 | 13号电杆西25米处 |
| | 四 | 117 | 140 | 正义路北口以南50米处 | 正义路北口以南190米处 |
| | | | 100 | 南河沿南口内 | 南河沿南口以北100米处 |
| 工业队伍 | 一 | 356 | 200 | 东单二条东口以南10米处 | 新开路西口以南40米处 |
| | 二、三 | 539 | 430 | 13号电杆以西25米处 | 21号电杆以东第一、二棵树中间 |
| | 四 | 356 | 200 | 正义路北口以南190米处 | 正义路十字路口以北115米处 |
| 科教队伍 | 一 | 344 | 175 | 新开路西口以南40米处 | 外交部街西口南侧 |
| | 二、三 | 361 | 285 | 21号电杆以东第一、二棵树中间 | 建国门立交桥西桥头 |
| | 四 | 344 | 175 | 正义路十字路口以北115米处 | 正义路十字路口以南60米处 |
| 居民队伍 | 一 | 85 | 50 | 外交部街西口南侧 | 外交部街西口以北50米处 |
| | 二、三 | 85 | 70 | 建国门立交桥西桥头 | 建国门立交桥西桥头以东70米处 |
| | 四 | 85 | 50 | 正义路十字路口以南60米处 | 正义路南口 |
| 体育大队 | | 383 | | 同集合地段 | |
| | | | | 同集合地段 | |
| 文艺大队 | | 560 | | 同集合地段 | |
| | | | | 同集合地段 | |
| 少先队 | | 377 | | 同集合地段 | |
| | | | | 同集合地段 | |
| | | | | 同集合地段 | |

# 严格控制行进速度

严格控制好行进速度是整个游行队伍工作的核心。游行队伍究竟能否按预定计划顺利通过天安门广场，怎样严格控制好行进速度，确保全部游行队伍在规定的时间内通过天安门广场呢？具体操作法是：

## （一）规定各种队伍通过天安门广场的时间

根据不同游行队伍行进速度的快慢不一（仪仗队每分钟行进速度为80米，体育大队为87米，文艺大队为63米，少先队和农业、工业、科教、居民队伍均为70米）来科学安排所需的具体时间，同时根据所需要的具体时间，准确计算出各种队伍的人数、排数和总长度，来保证行进时间。

游行队伍通过天安门广场时间

| 序列 | 队　伍 | 队伍通过所需时间 | 队首通过天安门广场时间 | 队尾通过天安门广场时间 |
|---|---|---|---|---|
| 1 | 仪仗队 | 4分 | 11:02 | 11:12 |
| 2 | 农业队伍 | 3分10秒 | 11:06 | 11:16 |
| 3 | 工业队伍 | 7分30秒 | 11:09 | 11:23 |
| 4 | 科教队伍 | 5分30秒 | 11:16 | 11:29 |

续表

| 5 | 居民队伍 | 1分20秒 | 11:22 | 11:30 |
|---|---------|---------|-------|-------|
| 6 | 体育大队 | 7分30秒 | 11:25 | 11:37 |
| 7 | 文艺大队 | 13分 | 11:32 | 11:53 |
| 8 | 少先队 | 7分 | 11:46 | 12:00 |

## （二）规定模型标语尺寸

为使游行队伍按规定的速度行进，对队伍中携带的彩车模型、大型标语牌的长、宽、高尺寸加以限制。长度不超过10米，宽度不超过6米，高度不超过5米。否则，超长、宽、高造成行进障碍，会影响队伍的行进速度。对个别特殊需要超长、超宽、超高的模型标语，要事先进行批准登记，并确定何时进入停放点，何时插入游行队伍，以及通过天安门广场后的停放地点，都要做细致的安排。

## （三）严格编队，保证队伍的顺利进行

国庆35周年游行队伍为方队组建，以按横排面编队，每横排为100人，宽度56米，前后排之间的距离进行时为一米一排。人员身高要排列整齐，右低左高。方队按小队、中队、大队建制，小队按路数编队，一路、四路每小队各为

20 人，二路、三路每小队各为 30 人，四个小队（即一个完整的排面）为一中队，五个中队为一大队，五至六个大队为一方队，全部游行队伍共编为 68 个方队。

### （四）组织行进速度训练

为使队伍行进速度均匀，步幅步速准确，各种队伍在节日前，要按照规定的行进速度和行进乐曲的节拍进行踩点训练。国庆 35 周年规定的乐曲：仪仗队是《歌唱祖国》，农民队伍是《在希望的田野上》，工人队伍是《咱们工人有力量》，科教、居民队伍是《中国，中国，鲜红的太阳永不落》，体育大队是《运动员进行曲》，文艺大队是《祝酒歌》，少先队是《我们是共产主义接班人》。还进行呼口号训练，群众队伍呼喊口号统一为"共产党万岁""祖国万岁"。呼喊的节拍是：祖国万岁。共产党万岁。确保各种队伍按照规定的速度通过天安门广场。

### （五）设立纵横标兵控制速度

国庆 35 周年按方队组编，为确保各方队在游行过程中速度适宜，队形整齐，在每个方队的前 3 排、后 3 排和中间每 10 排为横排标兵；每横排中的第 1、21、51、81 和第 100 人为纵向标兵，行进中他们必须沿着事先在天安门广场马路上划好的标兵基本线前进。标兵的具体任务是，掌握行进速度和前后左右间隔距离，保持横竖排面整齐，从而起到保证整个方队骨架作用。

### （六）设立记时站掌握速度

节日当天，为了及时掌握各种队伍行进速度，在东单路口、王府井南口、南河沿南口、南池子南口和天安门广场两侧东、西标语塔等地，设立了记时站，以记录各种队伍的队头和队尾通过的具体时间，与原预定的计划时间进行比较，以便有效地及时地调度指挥，确保所有游行队伍按照规定所需要的具体时间通过天安门广场。

## 群众游行队伍行进速度时间表

| 队别 \ 地点时间 | 通过一点时间<br>东标语塔以东 | 通过一点时间<br>东标语塔以南 | 东单路口<br>预计时间 | 东单路口<br>通过时间 | 王府井南口<br>预计时间 | 王府井南口<br>通过时间 | 南河沿南口<br>预计时间 | 南河沿南口<br>通过时间 | 南池子南口<br>预计时间 | 南池子南口<br>通过时间 | 东标语塔<br>预计时间 | 东标语塔<br>通过时间 | 东华表<br>预计时间 | 东华表<br>通过时间 | 西标语塔<br>预计时间 | 西标语塔<br>通过时间 | 南长街南口<br>预计时间 | 南长街南口<br>通过时间 |
|---|---|---|---|---|---|---|---|---|---|---|---|---|---|---|---|---|---|---|
| 仪仗队头 |  | 4分 |  |  |  |  |  |  |  |  | 11:02 |  | 11:04 |  | 11:08 |  | 11:11 |  |
| 仪仗队尾 |  |  |  |  |  |  |  |  |  |  | 11:06 |  | 11:08 |  | 11:12 |  | 11:15 |  |
| 农业队头 |  | 3分10秒 | 10:48 |  | 10:55 |  | 11:00 |  | 11:04 |  | 11:06 |  | 11:09 |  | 11:13 |  | 11:16 |  |
| 农业队尾 |  |  | 10:50 |  | 10:57 |  | 11:02 |  | 11:06 |  | 11:09 |  | 11:12 |  | 11:16 |  | 11:19 |  |
| 工业队头 |  | 7分30秒 | 10:50 |  | 10:57 |  | 11:02 |  | 11:06 |  | 11:09 |  | 11:12 |  | 11:16 |  | 11:19 |  |
| 工业队尾 |  |  | 10:57 |  | 11:04 |  | 11:09 |  | 11:13 |  | 11:16 |  | 11:19 |  | 11:23 |  | 11:26 |  |
| 科教队头 |  | 5分30秒 | 10:57 |  | 11:04 |  | 11:09 |  | 11:13 |  | 11:16 |  | 11:19 |  | 11:23 |  | 11:26 |  |
| 科教队尾 |  |  | 11:03 |  | 11:10 |  | 11:15 |  | 11:19 |  | 11:22 |  | 11:25 |  | 11:29 |  | 11:32 |  |
| 居民队头 |  | 1分20秒 | 11:03 |  | 11:10 |  | 11:15 |  | 11:19 |  | 11:22 |  | 11:25 |  | 11:29 |  | 11:32 |  |
| 居民队尾 |  |  | 11:04 |  | 11:11 |  | 11:16 |  | 11:20 |  | 11:23 |  | 11:26 |  | 11:30 |  | 11:33 |  |
| 体育队头 |  | 7分30秒 |  |  | 11:13 |  | 11:18 |  | 11:22 |  | 11:25 |  | 11:27 |  | 11:30 |  | 11:33 |  |
| 体育队尾 |  |  |  |  | 11:21 |  | 11:26 |  | 11:30 |  | 11:32 |  | 11:35 |  | 11:38 |  | 11:41 |  |
| 文艺队头 |  | 13分 |  |  | 11:21 |  | 11:26 |  | 11:30 |  | 11:32 |  | 11:36 |  | 11:40 |  | 11:43 |  |
| 文艺队尾 |  |  |  |  | 11:34 |  | 11:39 |  | 11:43 |  | 11:45 |  | 11:48 |  | 11:54 |  | 11:57 |  |
| 少先队头 |  | 7分 |  |  |  |  | 11:40 |  | 11:44 |  | 11:46 |  | 11:49 |  | 11:54 |  | 11:57 |  |
| 少先队尾 |  |  |  |  |  |  | 11:47 |  | 11:51 |  | 11:54 |  | 11:56 |  | 12:00 |  | 12:03 |  |

### （七）组织队伍实地演习，了解行进速度

为了做到万无一失，节日前，组织各种队伍在天安门广场进行实地演习，具体了解掌握确定各种队伍通过天安门广场的实际时间。在国庆35周年的游行队伍经过实地演习发现，队伍全部通过天安门广场的实际时间比原定时间超过了两分多钟，这不符合中央提出的整个游行必须在两个小时内结束的要求。怎么办呢？我想出一个两全其美的办法。即把群众游行队伍行进乐曲的节奏速度加快半拍，就是说把原定队伍每分钟行进116步，调快到每分钟行进120步。这样使队伍行进速度略加快，又不使群众在行进时感到快，这就把超过的两分多钟找回来了。到节日当天，庆祝活动整整用了两个小时，到12点整，游行队伍的队尾通过天安门广场。

### （八）组织队伍"补尾"，争取缩短游行时间

国庆15周年，群众游行队伍150人宽的横排面，分为九路，由于马路宽窄不一，各路横排面人数也不同，有10人、15人、20人不等。每路队伍的长度约有4000米左右，有的队伍中携带大型的标语、彩车模型和各种装饰，来自各种不同的大街。一路从南池子内，二路从南河沿内，三路从王府井大街内，四路从东单北大街内，五、六、七路从建国门内大街，八、九路从正义路内出来。从四面八方会集到东

长安街，在整个行进过程中，由于路况的不同，携带的装饰物品不一，各路队伍到达天安门广场的速度会有一定差异，各种队伍的队尾通过天安门广场会出现长短不齐的现象。

如何使各路队伍的队尾整齐美观按时通过天安门广场，这是一个难题。我们采取的具体措施是：首先研究各路队伍的行进状况，把握各路队伍通过天安门广场时速度快慢的规律。根据我们多年的经验，一般来说，靠近天安门城楼的一、二路队伍，虽然队伍轻装，但因游行群众能比较清楚地看到天安门城楼的党和国家领导人，群众的心理是越看得清楚越想多看几眼，所以队伍的行进速度会放慢。二至七路队伍中大型模型、标语比较多，行进时，人与物交叉，行进速度会时快时慢。靠近天安门广场南侧的八、九路队伍比较轻装，由于被高大模型、标语挡住了视线或看不清楚，所以行进速度较快。根据这些队伍长短不一的规律，我们预先安排尽量做到队伍走到最后还能整齐一致。

但是，计划总是计划，各路队伍在几千米长距离的行进过程中，总会发生预想不到的特殊情况，使各路队伍队尾到达天安门广场时出现长短不齐，影响整个游行队伍壮观整齐和延长行进时间的现象。为此，我们采取措施，加以调整：

一是通过记时站记录每路队伍通过东长安街各路口的时间，了解各路队伍的行进速度，给各路队伍补尾提供数据；二是各路队伍的队尾设有发报器（从部队借来，类似现在的对讲机），随时向行进指挥总站报告队尾行进速度和到达各地点的情况，使指挥总站掌握各路队尾的动向；三是南河沿南口设立观察站（在高架车上）用肉眼观察各路队伍和队尾的行进速度。以上述三种渠道得到的情况综合研究分析，找出最佳的"补尾"方案，并付诸实施。将个别队尾过长的队伍，在进入广场之前切补到队尾短的队伍上来，一般在南河沿南口附近开始切补，一直切补到队尾进入天安门广场。基本上能把各路队伍的队尾切补整齐，使其美观而迅速地通过天安门广场。因此"补尾"可谓庆典游行的一"绝"。

## 畅通无阻疏散队伍

疏散工作是整个游行队伍的重要一环，必须使游行队伍在通过天安门广场之后，畅通无阻，使后续队伍顺利出场，直至大会结束。怎样组织队伍的疏通工作，主要有：

### （一）规定疏散速度

各种队伍按照规定的时间和速度走出天安门广场到南长街南口之后，行进速度要适当快于广场内的速度，一般规定广场内群众游行速度每分钟为 70 米，到南长街南口之后，加快到每分钟 75 米，到达府右街南口之后，加快到每分钟 80 米。以保证后续队伍既畅通无阻，又不断线，走出广场。

### （二）规定疏散路线

为使游行队伍不交叉、不堵塞，各种队伍必须按照规定的路线疏散。

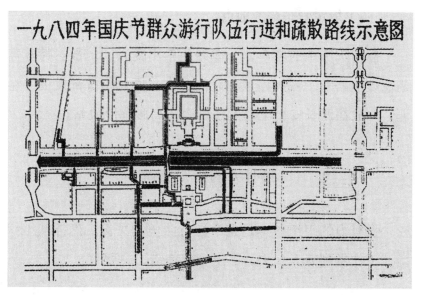

1984 年国庆节群众游行队伍行进和疏散路线示意图

### （三）规定队伍疏散地点

为了不使游行队伍早散，造成堵塞，倒灌，影响天安门广场整个队伍疏散和中外观礼来宾的散场，规定各种队伍在距离天安门广场较远的疏散路线之外地点进行解散。以国庆35 周年为例，一路队伍进南长街南口经北长街北口、景山西街至地安门解散；二、三路队伍经西长安街至复兴门解散；二路队伍可进府右街，或进西单北大街南口至灵境胡同西口解散；三路队伍可进北新华街或进宣武门解散；四路队伍进人民大会堂西侧路，经前门大街、珠市口至天桥解散。

### （四）规定彩车疏散地点

各种队伍中的彩车，一律经西单出复兴门疏散。特殊需要在疏散路线上暂时停放的超高彩车，凭总指挥部发的停车证，停放在西长安街电报大楼对面超高彩车停放站。

## 强有力的组织指挥

强有力的组织指挥是整个游行队伍的关键。怎样使组织指挥工作做到万无一失，不出一点差错，主要有：

### （一）有一批素质高、责任心强的工作人员

国庆游行活动的具体组织者，多是市委、市政府系统各部门的工作人员，他们都是本单位政治、业务素质较强的骨干，每当中央做出举行国庆游行的决定后，就被临时抽调到国庆游行指挥部工作。他们轻车熟路，召之即来，来之能战，可以在较短的时间内完成各项艰巨而光荣的任务。

## （二）有一个强有力的组织指挥系统

要组织好几十万人的庞大游行队伍，必须要有一个坚强有力、机动灵活的组织指挥系统和拥有一批善于应变、机智果断的指挥人员。每次国庆游行的指挥系统在总指挥部的领导下进行工作。设立若干个分指挥部。以国庆 35 周年为例，有仪仗队、农业、工业、科教、居民、体育、文艺、少先队等八个分指挥部。各分指挥部的领导均由各个委办局和群众团体的负责同志担任；分指挥部内有若干游行方队指挥组，设正副指挥，并由具有一定训练和带队经验的单位负责人担任。方队下面还有大队、中队、小队，并配备了两至三名正副队长。这一层次分明、职责明确的指挥系统，为落实游行总体方案和部署提供了强有力的组织保障。

国庆节当天，在天安门广场两侧的东、西标语塔下，设立指挥总站，全面负责指挥整个游行队伍的集合、密集、行进、疏散工作。在游行队伍经过的东、南、西、北城的主要路口，设立了 40 来个指挥分站。各站工作人员共有 500 来名，负责各路段的游行队伍的集合、密集、行进、疏散的调节、疏导、疏通工作。以确保队伍按规定的时间和速度通过各指挥分站所辖区域，避免队伍出现交叉、堵塞、停留或追赶的现象。

## 行进指挥站位置和具体工作任务表

| 站名 | 位　置 | 具　体　工　作　任　务 |
|---|---|---|
| 行进指挥总站 | 东标语塔东侧 | 1.督促仪仗队按时集合、整队；督促各种队伍按时进场。<br>2.通过宣传和现场指挥进行队容检查工作。<br>3.了解入场队伍的序列，及时向指挥部报告。 |
| 南池子指挥站 | 南池子南口东侧 | 1.检查少先队集合情况。<br>2.协助四个群众游行队伍保证速度和方队队形。 |
| 正义路指挥站 | 正义路北口交通岗楼旁 | 1.检查东安门大街农民队伍队头、少先队集合情况和正义路第四路队伍集合、密集情况。<br>2.督促农民文艺队按时在东长安街马路会合，按时行进。<br>3.按时把正义路的队伍与东长安街的队伍会合好。 |
| 王府井指挥站 | 王府井南口东侧 | 1.检查文艺大队、体育大队、少先队集合情况。<br>2.督促文艺大队、体育大队、少先队按时接上东长安街队伍。<br>3.检查过街无轨电车线的拆除情况。 |
| 东单指挥站 | 东单路口东北角 | 1.检查东单至北京站口队伍，东单至金鱼胡同口队伍集合、密集情况。<br>2.指挥一路队伍与二、三路队伍会合时按规定的路线行进。<br>3.检查过街无轨电车线的拆除情况。 |

集合指挥站位置和负责地区表

| 站　名 | 位　置 | 负　责　地　区 |
|---|---|---|
| 前门指挥站 | 正阳门西南角便道 | 西交民巷，前门大街，前门东、西大街，广场东、西侧路 |
| 正义路南口指挥站 | 正义路南口 | 正义路东、西侧路，前门东大街，崇文门东、西大街 |
| 北池子指挥站 | 北池子北口东侧 | 景山后街至景山前街、北池子南口、沙滩、东华门大街 |
| 东四指挥站 | 东四十字路口西南角 | 东四北、南大街，东四东、西大街 |
| 灯市口指挥站 | 灯市口东口 | 王府井大街、灯市口、东安门大街 |
| 北京站口指挥站 | 北京站北口东南角 | 北京站、南小街、方巾巷以东 |
| 建国门指挥站 | 立交桥西南角便道 | 建国门南、北大街，建内大街，建国门南、北大街 |
| 建华路指挥站 | 建华路南口西侧 | 建外大街 |

从以上情况看，国庆群众游行的组织工作，确是一项复杂的系统工程。从群众队伍的集合、行进到疏散这一连续程序，环环紧扣，历次活动从未出现过差错。证明这套办法行之有效，也是多年工作经验积累的结晶。有的外国人也想学

习我们这一套办法。苏联赫鲁晓夫在 1958 年应邀参加首都国庆节庆祝活动观礼时，曾当场对身旁的莫斯科市委书记福尔采娃说："莫斯科的游行也要这样。"

　　在多年的国庆群众游行组织工作中，我和我的同伴付出了无数的心血和代价，感到非常自豪。

# 庆典晚会的演变

　　国庆节举行群众游行或阅兵之后，当天晚上天安门广场群众联欢，有一个发展过程。即从初期的群众自发性活动到松散型的有组织活动，由粗放型组织到严密型组织。范围由小到大，形式上由简单到丰富。

　　起初，在庆典夜晚，人们为庆贺新中国的成立和自身的解放，自发地由四面八方来到天安门广场，聚集在一起，抒发对党的激情和对国家的爱戴。有跳、有唱、尽情欢乐，以最原始的方式表示庆贺。

　　后来，到50年代初中期，庆典之夜，有了松散型的组织联欢。在天安门广场，既有有组织的群众，也有无组织的群众，自由活动。集体和个人都可以随便出入晚会现场，会场秩序零散。

　　50年代中后期之后，吸取了过去的经验和教训。庆典晚会的工作有了很大的改进和突破。都是有组织的群众参加晚会，整个会场划分为若干个联欢区，成立了各分指挥部，包干负责。活动区的组织工作越来越严密和完善，晚会的秩序很好。

到了1984年国庆35周年改革开放之后，晚会的组织工作更加成熟，在以往工作经验的基础上，达到了高峰。晚会隆重热烈，礼花品种多样，会场秩序井然。是历次庆典晚会的最成功范例，受到党中央领导同志和人民群众的一致好评。

历年庆典晚会的会场，以天安门广场为中心。每年晚会的规模不尽相同，有大、有小。大时，东起东单路口或王府井南口，西至西单路口或府右街南口；小时，东起南河沿南口或南池子南口，西至二十八中学门前或南长街南口，南边都到人民英雄纪念碑。

组织群众的人数，每年也不一样，有多、有少。多时，组织几十万到一百多万人；少时，组织几万到十几万人。晚会共分为八个联欢活动区域，由国家机关、高等院校、市总工会和东城、西城、崇文、宣武、朝阳区委等负责组织。部队分别参加以上各活动区联欢。同时，在晚会会场周围设置一定的范围，为零散群众观看礼花的地区。

晚会的联欢群众，情绪高涨，气氛热烈，秩序良好。活动内容丰富多样，有声有色。以1965年国庆节联欢晚会为例，有跳集体舞、表演节目和燃放礼花等。

华灯、礼花与集体舞为晚会添彩

　　跳集体舞是晚会的重头戏。是群众最喜欢的，跳舞时播放的舞曲也是群众最爱欣赏的。当时的舞曲有《社员都是向阳花》《毛主席的光辉》《八月桂花遍地开》《毛主席的战士最听党的话》《打靶归来》《游戏猜拳舞》《青春友谊圆舞曲》等。大家围着一个又一个舞圈，有的手系纱巾，有的手拉着手，随着悠扬动听的乐曲，踏着优美矫健的步伐，翩翩起舞，上百个舞圈犹如朵朵艳丽的鲜花，盛开在天安门广场上。联欢群众的掌声、笑声、歌声，在节日之夜的广场上汇成欢乐的海洋。

　　表演文艺节目为晚会锦上添花。节目都安排在跳集体舞休息中间演出，各行各业的人们演了许多自编自演的文艺节目，如工业职工表演了大合唱《设计革命化》；财贸职工演出了《背篓上山》；解放军战士跳起了舞蹈《野营路上》；中央民族学院的各民族学生，在天安门前边歌边舞《祝福毛主席万寿无疆》。还有不少单位的群众表演了丰收舞、新疆舞、西藏舞、腰鼓舞、竹竿舞、马刀舞、水兵舞、狮子舞、丝绸舞、草笠舞、大头舞、采茶舞、扇子舞、孔雀舞、伞舞、蝶舞、大刀舞、劳动舞和剑舞等等。据不完全统计，约有几百个节目齐表演，节目丰富多彩，吸引了众多观众。

1994 年国庆节，北京举行 10 万人参加的焰火联欢晚会

燃放礼花也是晚会的高潮亮点。晚 8 时许，礼花冲天升起，在一片掌声中，顿时满天红霞，五彩缤纷，各种奇特绝

妙的礼花，在夜空中构成了一幅幅壮观的图画。《锦上添花》像一幅抖开的锦缎，在空中迸发出千万颗闪灿的金星;《春暖花开》在一阵鞭炮声之后，随即礼花四射出了似鸟语花香的声音，使人感觉满园春色，如同置身于繁花似锦，百鸟嘤鸣的大花园中;《五谷丰登》《麦浪滚滚》中一片金色的礼花，呈现出丰收的景象。

天空中礼花万紫千红，还有各种各样花的造型。如黄菊、红菊、绿菊、各色菊，牡丹花、兰花、月季花等，各色的花朵织成一片片锦霞，璀璨夺目;随着礼花弹出连珠般的响声，火花在夜空怒放，有如盛开的秋菊，初夏的垂杨柳，顷刻又化为百花丛中飞舞的群蝶;还有的系降落伞的礼花，则像一串串明亮的珍珠缓缓从天而降，这时联欢群众更加活跃起来，不少人盼着能有一个降落伞飘到自己的身旁，留作晚会的纪念。晚会上，千百万双眼睛注视着天空，千万个礼花把首都的夜空打扮得绚丽多彩。

党和国家领导人出席庆典联欢晚会，都是在天安门城楼上观看群众联欢、观赏礼花。记得有一次，毛主席和周恩来总理来到了联欢群众活动区内。那是在 1966 年庆典晚上 9 时 30 分，毛主席和周总理一起健步走过金水桥，来到金水桥前的联欢群众中间。当时，群众一见到毛主席和周总理都感到特别惊喜，都欢呼毛主席来了! 毛主席来了! 激动不已。毛主席和周总理向大家亲切招手，同大家席地而坐，一起联欢。毛主席和周总理坐了一会儿后，离开广场时，亲切地同周围的群众招手。接着走过金水桥，登上天安门城楼同其他国家领导人和外宾一起观看群众联欢和礼花。我记得毛主席和周总理到联欢群众中去这还是第一次。

晚会的筹备工作，也是国庆节群众游行指挥部工作的一部分。先设晚会组，后称晚会指挥部。最初，由团市委牵头，市委、市政府机关团委参加，共同负责筹备。到后来，具体负责晚会筹备工作的是李植田（体委）和郑德山（团市委）同志。

庆典晚会的演变，是一条国家发展变化的风景线。它将留在人们的记忆之中。

# 雄壮的 14 次国庆大阅兵

阅兵,历来是一个国家展示实力、鼓舞士气的重要军事仪式,对于彰显国威军威,增强民族凝聚力和自豪感,具有重要意义。

新中国成立以来,至 2009 年国庆节,在天安门广场共举行过 14 次大阅兵。从 1949 年到 1959 年,每年 10 月 1 日都要举行国庆阅兵。这是中国人民政治协商会议作出的决定。1960 年 9 月,中共中央、国务院本着勤俭建国方针,对国庆活动制度进行改革,实行"五年一小庆""十年一大庆",逢十"大庆"举行阅兵。后来,因"文革"影响等原因,24 年没有举行国庆阅兵。邓小平同志决定在 1984 年的国庆 35 周年"小庆"的年份举行阅兵。此后,共和国都选择逢十"大庆"年份举行阅兵,于是在 1999 年的国庆 50 周年和 2009 年的国庆 60 周年都举行了阅兵。

从开国大典到 1959 年,毛主席已参加了 11 次国庆阅

兵。此后，毛主席再也没有登上天安门城楼进行阅兵，国庆
10周年阅兵也就成了毛主席最后一次国庆阅兵。值得一提
的是毛主席参加的11次国庆阅兵，没有乘检阅车在天安门
广场和东长安街检阅受阅部队，全部是在天安门城楼观看分
列式阅兵。

历次参加受阅的部队有陆、海、空三军。阅兵式分为两
个部分，即"检阅式"和"分列式"。"检阅式"是指受阅部
队在静止状态下，接受阅兵首长的检阅；"分列式"则是指受
阅部队在行进状态下，接受党和国家领导人的检阅。

阅兵首长和阅兵总指挥的变动情况如下。

1949年开国大典至1953年的国庆4周年有五次阅兵，
阅兵首长是朱德总司令，阅兵总指挥是聂荣臻（1949年至
1952年国庆）和张宗逊（1953年国庆）。

1954年的国庆5周年至1958年的国庆9周年有五次阅
兵，阅兵首长是彭德怀元帅，阅兵总指挥是杨成武。

1959年的国庆10周年阅兵，阅兵首长是林彪元帅，阅
兵总指挥是杨勇。

1984年的国庆35周年阅兵，阅兵首长是邓小平军委主
席，阅兵总指挥是秦基伟。

1999年的国庆50周年阅兵，阅兵首长是江泽民主席，
阅兵总指挥是李新良。

2009年的国庆60周年阅兵，阅兵首长是胡锦涛主席。

国庆 60 周年阅兵，装备方队经过天安门

　　2015 年 9 月 3 日，为纪念中国人民抗日战争暨世界反法西斯战争胜利 70 周年在天安门广场举行盛大阅兵式。这是新中国历史上第 15 次大阅兵，是进入 21 世纪以来第二次大阅兵，同时也是第一次在非国庆节举行的大阅兵。这次阅兵的首长是习近平主席，阅兵总指挥是时任北京军区司令员宋普选上将。

　　受阅部队，随着我国国防力量的发展、壮大，每次都有大的变化，增加了新的内涵。受阅部队越来越精干，武器装备越来越先进，大量武器是我国自己设计和自己生产的，显示了我国雄厚的国防实力，标志着中国国防科技的最新进展。

国庆总指挥部设国庆节庆祝活动筹委会，下设阅兵指挥部和群众游行指挥部等部门。两个指挥部工作上有密切联系。一些事进行协商。如队伍通过天安门广场所需时间的分配；阅兵队尾和游行队首的衔接等问题，都需要事先协商好。再如节日当天队伍集合地点问题。在无阅兵的情况下，部分群众游行队伍集合在东长安街和建国门内大街马路上；有阅兵的情况下，东长安街和建国门内大街的马路为受阅部队占用。因此，群众游行队伍要集合在建国门外大街马路上，这离天安门广场远了，行走的时间就长，会增加群众疲劳。这些都需在节日前与阅兵指挥部进行协商，达成合理的集合地点。

多年来，两个指挥部工作配合默契，顺利地完成了国庆阅兵和群众游行的政治任务。

# 那些年首都人民欢迎国宾的盛大仪式

　　欢迎国宾是展示我国形象的第一窗口，反映出我国是礼仪之邦，折射出一个新兴大国的风貌。首都人民欢迎国宾工作，是从简单到复杂，从单一到丰富的转变；又是从大规模、高规格到迎宾简化，减少时间，减轻疲劳，节省人力物力的改革过程。这项迎宾工作由北京市负责组织。

　　外国元首和政府首脑来华访问，在机场或火车站组织群众迎送，是从 1953 年 11 月 12 日开始的。那次组织 5000 群众在前门火车站欢迎朝鲜内阁首相金日成元帅，我国出席迎接的国家领导人，有国务院总理周恩来、中国人民志愿军司令员彭德怀等同志。此后，凡是外国元首和政府首脑来华访问，都组织数千至上万群众在机场或火车站迎送。这种情况直到 1979 年按照国家礼宾改革规定，北京市不再组织群众迎送，只负责组织少年儿童在机场或火车站向来访的外国元首和政府首脑献花。自 1980 年 9 月起，开始组织少年儿童和青年参加人民大会堂前广场举行的欢迎外国元首和政府首脑的仪式。从 1989 年起,只在人民大会堂前广场组织少年儿童向国宾献花。

组织群众夹道欢迎外国元首和政府首脑的活动,是从 1954 年 10 月 19 日开始的,那次组织 20 余万群众,夹道欢迎印度总理尼赫鲁。我国出席迎接的有总理周恩来、人大副委员长宋庆龄等国家领导人。此后,外国元首和政府首脑来华访问,一般都组织市内数十万群众夹道欢迎。最多的一次,1957 年 4 月 15 日苏联最高苏维埃主席团主席伏罗希洛夫来访,毛泽东、朱德、刘少奇、周恩来等到机场迎接,毛泽东陪同伏罗希洛夫自南苑机场乘坐敞篷汽车到中南海(下榻勤政殿)。从南苑机场到中南海新华门,组织了 100 万群众手持 75000 面中、苏国旗和 2 万束鲜花夹道欢迎。

在 50 年代中期至 70 年代初期,组织群众夹道欢迎的工作,由中共北京市委国际活动指导委员会书记、主任柴泽民同志负责。之后,北京市人民政府成立外事办公室,由外办主任辛毅同志负责。后来,由外办主任张世杰同志负责。再后,由北京市革委会外事组组长丁国钰、王笑一同志负责。我曾参与这项工作。

夹道欢迎的路线曾经过两个阶段:

第一阶段,国宾来访的飞机在南苑机场降落。夹道欢迎的路线是从南苑机场出发,途经南苑路、永定门大街、前门

1956 年 9 月 30 日，毛泽东、朱德、周恩来等在首都机场迎接印尼总统苏加诺一行

大街、天安门广场到宾馆或到新华门。夹道欢迎苏联最高苏维埃主席团主席伏罗希洛夫率团访华时，就是沿着这条路线进行的。

第二阶段，自首都机场和钓鱼台国宾馆启用后，夹道欢迎的规模和路线分为三种规格。第一种，夹道队伍从建国门开始，途经东西长安街、复兴门大街、木樨地、三里河路到钓鱼台国宾馆东门，全长 1 万米。1961 年 7 月 10 日欢迎朝鲜内阁首相金日成，组织了 50 万群众夹道欢迎，就是沿着这条路线进行的。第二种，从东单路口开始，途经东西长安街、复兴门大街、木樨地、三里河路到钓鱼台国宾馆东门，全长 8500 米。1963 年 8 月 4 日欢迎索马里总统舍马克，组织了40万群众夹道欢迎，就是沿着这条路线进行的。第三种，从南池子南口开始，途经西长安街、复兴门大街、木樨地、三里河路到钓鱼台国宾馆东门，全长7500米。1962年12月31日欢迎锡兰总理班达拉奈克，组织了20万群众夹道欢迎，就是沿着这条路线进行的。每一次迎宾活动，由中央根据国宾的身份确定哪一种规格。

当时，夹道沿途的群众有朝阳区委、市总工会、崇文区委、东城区委、宣武区委、国家机关、大专院校和部队等部门组织。每次人数不等，一般为20万至40万人，最多的有100万人。组织原则按照各部门各单位居地就近安排队伍，尽量减少群众疲劳。

多年来，组织群众夹道欢迎国宾队伍的内容，经历过从简单到复杂，从单一到丰富的过程，具体来说分为两个阶段：

第一阶段，内容简单，色彩单调。夹道欢迎队伍没有统一设计，群众手持的纸花和两国国旗（来访国、中国），整个队伍从头到尾都是同一种形状，同一样色彩，千篇一律，平平淡淡，没有起伏，缺乏热情洋溢的场面。

第二阶段，在周恩来总理的具体指导下，夹道欢迎队伍有了突破性改进。对欢迎队伍进行了总体设计，整个队伍，分层次，分色彩，分段落，分形状，突出重点，点面结合，上空悬挂彩物，地空呼应。出现了丰富多彩，热烈欢快的生动场面。

分层次，由低到高。欢迎队伍排列，矮个在前，高个在后，群众手持的彩物，小彩物在前，大彩物在后。具有立体感。

分色彩，手持花束，色彩多样。有大红、中红、橘红、玫瑰红、中黄、鹅黄、葱绿、翠绿、天蓝、紫蓝等，颜色搭配得当，鲜艳夺目。

分段落，把整个欢迎队伍分为若干个段落。每一段落为六七百米，每个段落出现一种颜色，各段落各有特色，使人感到段段有新鲜感。

分形状，群众手持的物品形状多样。有彩带、花束、花球、花环、花瓣和两国国旗（来访国、中国）等，花样繁多，琳琅满目。

突出重点，点面结合。在群众队伍沿线比较宽广的地方，视情况组织各种文艺表演。如在夹道入口处，队伍摆成喇叭形状，两侧安排大鼓和乐队；在天安门广场安排大型专业文艺队伍，表演各种民族舞蹈；在新华门前、民族宫门前、木樨地和钓鱼台国宾馆东门等处，安排业余文艺表演和小型乐队演奏。还在明显处，竖立外国元首和政府首脑的画像，用鲜花组成"欢迎"的字样等等。形成重点表演和大面积夹道欢迎队伍的结合，使人感到变化多端，彩色多样，远远看去有如一条彩色长廊。

上空悬挂彩物，地空呼应。在夹道欢迎队伍上空，悬挂若干条欢迎外国元首和政府首脑的横幅标语，悬挂两国国旗和各种彩旗，在东西长安街两边灯杆上悬挂两国国旗。天安门广场上空用气球带着欢迎外国元首和政府首脑的巨幅标语和加强两国人民友谊的巨幅标语。天安门城楼上悬挂大红宫灯和红旗。从上空到地面为一个整体，雄伟壮观。

国宾车队从首都机场行驶到市区，换乘敞篷车，进入夹道欢迎队伍时，万众欢腾，锣鼓喧天，鞭炮齐鸣，口号起伏，翩翩起舞，花束跳跃，彩带舞动，花球窜动，花环摇摆，花瓣飞舞，国旗飘扬，彩旗招展，有声有色，构成了一幅如画如图的场面。充分表达了热情、友好的礼仪，给国宾留下深刻美好的印象。

夹道欢迎这种形式延续到1972年，在周恩来总理的倡议下取消了。对此，周恩来总理向外宾解释说："兴师动众夹道欢迎国宾的仪式，第一，群众受不了；第二，外宾特别是南方的外宾受不了；有一次，尼泊尔首相抵京，那天刮大风，坐了敞篷车，他的衣服又单薄，我看他受不了；第三，坐一般轿车，则会显得和群众有隔阂，只能坐敞篷车；第四，我方领导人年纪大了，也要注意身体。"此后，国宾访华，通常不组织群众夹道欢迎。

1972年1月31日至2月2日，巴基斯坦新上任总统布托访华。考虑到布托和巴基斯坦的特殊情况，为了突出中巴友好和中国对巴基斯坦的支持，仍准备安排盛大的群众夹道欢迎仪式。由于天气突变，考虑到群众、国宾和国家领导人的健康，临时取消了夹道欢迎仪式。布托抵京后，周恩来向布托总统做了解释，但布托总统还是通过下面的官员表示，希望他离开北京时补一下，以显示中巴友好，消除外界误解。周恩来总理考虑到布托总统这一要求，决定组织群众夹道欢送。1972年2月2日，周恩来总理陪同布托总统乘敞篷车经过市区前往首都机场，就成为我国群众夹道欢送外宾仪式的最后一幕。此后，除特殊情况外，国宾访华时不再组织群众夹道欢迎。

外国元首和政府首脑来华访问，还要举行北京市各界人民欢迎大会，这也是从1954年10月23日开始的，那次欢迎印度总理尼赫鲁。我国出席欢迎大会的有周恩来总理等国家领导人。此后，外国元首和政府首脑来访，一般都举行欢迎大会，大会规模和地点，根据来华元首和首脑的情况而定，欢迎大会曾在天桥剧场、北京体育馆、先农坛体育场等场地举行过。自人民大会堂启用后，一般都在人民大会堂举行，有时也在别的场地举行，如1966年4月30日阿尔巴尼亚部长会议主席谢胡来访时，就在工人体育场举行欢迎大会。到70年代中后期，由欢迎大会改为文艺晚会，再后，北京市只负责安排国宾、党宾在京参观游览活动。

总之，每一次外国元首和政府首脑来华访问，要组织群众活动四至五次（机场迎、送、夹道欢迎、举行欢迎大会，有时还举行文艺晚会）。据不完全统计，截至20世纪70年代初期，曾有数百位外国元首和政府首脑来华访问，组织群众迎送活动有1500多次，参加迎送的群众有3000多万人次。

群众对参加迎送国宾活动的热情很高，通过迎送活动，都受到了爱国主义和国际主义教育，同时加强了我国人民同各国人民的友谊。

# 国宴缘何是"四菜一汤"

国宴（即招待会）是指国家领导人在重大节日和重要活动为招待各界人士及贵宾而举行的正式宴会。国庆招待会，新中国成立以来举行了几十次。

## 国宴规模的变化

几十年来，我国国宴的地点和规模有了很大的变化。国庆招待会，有时在中南海怀仁堂举行，有时在北京饭店举行。在北京饭店举行时，为了容纳更多的来宾，分为五个场所即宴会厅、中餐厅、西餐厅、舞厅和新七楼举行。自人民大会堂建成后，就改在人民大会堂宴会厅举行。从多次国庆招待会的情况来看，招待会的规模有了很大的变化，人数从少到多，再由多变少。例如：

1949 年中华人民共和国的开国第一宴，于 10 月 1 日晚在北京饭店举行。周恩来等党和国家领导人及社会各界代表共600多人出席了宴会。

1954年9月29日下午6时,以周恩来总理的名义,在北京饭店举行庆祝中华人民共和国成立5周年招待外宾酒会。参加酒会的有外宾1288人,中方陪同人员105人,翻译人员80人,共计1473人。

1959年9月30日下午7时,国庆10周年招待会在人民大会堂宴会厅举行,参加招待会的有5000人,除毛泽东、刘少奇、宋庆龄、董必武、朱德、周恩来、邓小平等党和国家领导人以外,还有中央党、政、军各单位负责人,全国人大代表、全国政协委员、各民主党派负责人、各知名人士、北京市负责人、劳模代表、军队代表、少数民族代表、体育代表,归国华侨和港澳同胞代表团成员。应邀参加招待会的外宾,来自78个国家共2000人。

1964年9月30日下午7时,以毛泽东、刘少奇、宋庆龄、董必武、朱德、周恩来的名义,在人民大会堂宴会厅举行盛大国庆招待会,庆祝中华人民共和国成立15周年。出席人员共计5200多人,其中外宾2666人。招待会上,刘少奇主席代表中国人民、中国共产党和中国政府向来自80多个国家和地区的朋友及同志们表示热烈的欢迎和衷心的谢意。

第1桌 16 人

毛泽东主席

赫鲁晓夫（苏）　　　　　　　　　　胡志明（越）

译员（闫明复）　　　　　　　　　　宋庆龄副主席

高士（印）　　　　　　　　　　　　野坂参三（日）

译员（浦寿昌）　　　　　　　　　　瓦德克·罗歇（法）

诺沃提尼夫人　　　　　　　　　　　译员（法）

译员（俄）　　　　　　　　　　　　王光美

苏斯洛夫（苏）　　　　　　　　　　诺沃提尼（捷）

刘少奇主席

　　1974 年 9 月 30 日下午 7 时 30 分，周恩来总理在人民大会堂宴会厅举行庆祝中华人民共和国成立 25 周年招待会。出席招待会的有党和国家领导人，各条战线，各个方面代表和人士，来自世界各地的来宾共计 4400 人，其中外宾和陪同、翻译人员 2200 人，内宾 2200 人。当周恩来抱病步入宴会厅时，全场掌声雷动，经久不息，周总理致祝酒词的短短的几分钟竟被全场热烈的掌声打断了十几次。

　　1979 年 9 月 30 日下午 7 时，国务院在人民大会堂宴会厅举行招待会，庆祝中华人民共和国成立 30 周年，叶剑英、邓小平、李先念、陈云、宋庆龄等党和国家领导人，西哈努克亲王、黄文欢等贵宾出席了招待会。参加招待会的共有

3900 人，其中外宾和台、港、澳同胞，爱国华侨及外籍华人代表 1500 人。

1984 年 9 月 30 日下午 7 时，国务院在人民大会堂宴会厅，举行庆祝中华人民共和国成立 35 周年招待会，出席招待会的共 3269 人，其中外宾 1257 人。

1994 年 9 月 30 日 6 时，新中国成立 45 周年国庆招待会在人民大会堂宴会厅举行，党和国家领导人及中外宾客共 3397 人，其中外宾 1330 人。李鹏总理致祝酒词。

招待会人数从开始 600 余人增加到 5200 余人，后来又减少到 3000 余人，这也体现了国家节俭办事的精神。

## 国宴菜品的减少

国宴菜单也有很大变化。菜品从多到少，体现了国宴凸显清廉新风，走过了一个"化繁为简"的历程。例如：

1949 年开国第一宴，宴会上的菜品包括 8 个冷菜和 8 个热菜，共 16 个菜。其中热菜有烧四宝、红烧鱼翅、干焖大虾、烧鸡块、鲜蘑菜心、红扒鸭、红烧狮子头、红烧鲤鱼等。

1956 年 10 月 2 日晚 7 时，毛泽东主席在中南海怀仁堂举行国宴，欢迎印度尼西亚苏加诺总统访华，宴会菜品包括：一、六双拼，其中有桂花鸭围月季花、陈皮牛肉干、红椒米熏鸡、八宝菠菜烩鱼片、黄瓜烤去皮虾、果藕；二、清汤燕菜；三、红烧鱼翅；四、口蘑白菜卷；五、炸鸡腿；六、鸡油兰笋；七、樟茶去骨鸭；八、烧四素；九、核桃酪，共14个菜。还有点心、水果。

1957年4月17日，毛泽东主席在中南海怀仁堂举行宴会，欢迎苏联贵宾伏罗希洛夫，宴会菜品有：清汤白燕、红烧鱼翅、冬菇煨扁豆、炸鸡腿、松鼠鳜鱼、莲蓉香酥鸭、冬瓜汤。除此之外还有冷盘、点心、水果。

1959年国庆10周年招待会的菜品包括13个冷菜，有桂花鸭、焗鸡、叉烧肉、挂炉鸭、凤尾鱼、酱牛肉、珊瑚白菜、炝黄瓜、红椒、姜汁扁豆、油焖笋、冬菇、鲍鱼。2个热菜有烧四宝、口蘑烧鸡块，共15个菜。还有点心、水果。

1960年国庆11周年招待会，菜品包括10个冷菜，有桂花鸭、珊瑚白菜、炝红椒、酥鱼、胗肝、挂炉鸭、盐水辣牛肉、五香鸡、炝黄瓜、酥甜菜花。3个热菜有三鲜抓鸭、糖醋鱼、茉莉银耳汤，共13个菜。还有点心、水果。

1965年2月28日外交部出台《关于改进接待国宴的礼仪安排的几点建议》，同年3月毛主席指示说：应当改变花钱多又不实惠的做法。从此"四菜一汤"成为中国国宴的统一标准。

1972年1月，周恩来总理欢迎美国总统尼克松访华举行招待会，周总理亲自点菜，除冷盘外，热菜有芙蓉竹笋汤、两吃大虾、三丝鱼翅、草菇盖菜、椰子蒸鸡等。

1974年国庆25周年招待会，菜品就是四菜一汤。

1997年1月1日，在人民大会堂宴会厅举行的庆祝香港回归的国宴上菜品有：海鲜、清蒸大虾、罐焖牛肉、草菇西兰花。

2008年8月8日中午，时任国家主席胡锦涛，为出席奥运会开幕式的各国政要举行国宴，当时的"三菜一汤"是：瓜盅松茸汤、荷香牛排、鸟巢鲜蔬、酱汁鳕鱼。

十八大以来，习近平总书记带头严格落实"中央八项规定"，厉行节约，反对浪费，国宴遵照"四菜一汤"的清廉之风进行。

2014年11月，APEC会议在北京举行。习近平主席和夫人彭丽媛在水立方为APEC峰会嘉宾举行欢迎宴会，当时的菜品有：冷盘、珍汤、翡翠龙虾、柠汁雪花牛肉、栗子菜心、北京烤鸭等。

# 天安门：新中国历史的见证

　　天安门建于明初（1421年），当时叫承天门，明英宗时被火烧毁，宪宗时修复，清顺治年间重新修建，把承天门改称为天安门。天安门总高度33.7米，城楼东西宽九间，南北进深五间，用"九五"这数目来表示帝王的尊严。当时朝廷有重大庆典（如皇帝登基、册立皇后）时，在此举行"颁诏"仪式。

　　新中国成立之后，天安门成了举行国庆大典的场所，随着用途性质的改变，天安门从古老变成面貌焕然一新。在城楼上悬挂大幅毛主席画像，高6米，宽4.6米。两侧有"中华人民共和国万岁""全世界人民大团结万岁"大幅标语，每一个字高2米，宽2.2米。天安门广场旗杆有22.5米高，国旗长460厘米，高338厘米。构成一幅高大宏伟的画面。我曾多次参与国庆节的筹备工作，据统计，从开国大典至2009年国庆60周年，在天安门总共举行了25次庆典活动。

新中国成立初期，举行国庆大典时，毛主席等党和国家领导人登上天安门城楼检阅台时，都是徒步走上去的，要走100节台阶。后来，在天安门的西北角和东北角修建了电梯后，领导人可乘电梯到城楼检阅台，方便多了。

新中国成立初期的天安门广场

50年代初，天安门前马路中间还有有轨电车道，东、西三座门，天安门广场东、西两侧红墙和南侧中华门。为迎接国庆10周年，逐步进行改造，拆除了地面上的有轨电车道，东、西三座门，广场两侧的东、西红墙和南侧中华门。建立起人民英雄纪念碑（纪念碑于1952年8月1日开工兴建，1958年4月22日建成）。

纪念碑的正面面向天安门，碑上八个镏金大字："人民英雄永垂不朽"，是毛主席亲笔题的。它背面的碑文是周总理写的："三年以来，在人民解放战争和人民革命中牺牲的人民英雄们永垂不朽！三十年以来，在人民解放战争和人民革命中牺牲的人民英雄们永垂不朽！由此上溯到一千八百四十年，从那时起，为了反对内外敌人，争取民族独立和人民自由幸福，在历次斗争中牺牲的人民英雄们永垂不朽！"

纪念碑总面积约 3000 平方米，从地面开始有双重月台，底层是海棠形，四周有栏杆，四面有台阶，东西宽 50.44 米，南北长 61.54 米。再上去是大小两层须弥座，承托碑身。大须弥座上安装有八幅汉白玉石刻制的巨大浮雕，概括地表现了 100 年来惊天动地的革命历史。这八幅浮雕是：胜利渡长江、抗日游击战、南昌起义、五卅运动、五四运动、武昌起义、金田起义、焚毁鸦片。在"胜利渡长江"左右另有两块装饰性的浮雕："支援前线""欢迎解放军"，每个浮雕高达 2 米，10 块共长 40 余米，人物共有 170 余个。纪念碑碑身是由 32 层大小不同的 413 块花岗石所组成，正面碑心，装着一块 14.4 米长、2.72 米宽的花岗石，背面碑心由七块花岗石组成。碑身两侧刻着由五星、松柏半环和旗帜组成的装饰花纹，小须弥座上也刻有花圈、花束和旗帜的装饰花纹。再上面是碑顶，碑顶采用民族传统的盝顶。碑高达 37.94 米，比天安门城楼还高 4.24 米。

矗立在天安门广场的人民英雄纪念碑

1976 年在建毛主席纪念堂时，清除了前门楼和纪念碑之间的松树林，扩建天安门广场，南北 880 米，东西 500 米，总面积 44 万平方米，集会游行可容纳 50 万人，成为全世界最大的广场。

天安门前有东、西红观礼台各九个，在红观礼台前面还有东、西灰观礼台各两个。红、灰观礼台共能容纳 2 万人。80 年代时，灰观礼台被拆除，改为花坛。1999 年国庆 50 周年和 2009 年国庆 60 周年，为了增加观礼人数，就在东、西花坛前搭建了临时观礼台各两个，还在人民大会堂和历史博物馆的北门前，也搭建了临时观礼台，总共能容纳近 3 万人观礼，观礼的人数增加了。天安门成为历次阅兵和群众游行的场所，那浩荡、整齐、雄伟的队伍，那领袖招手致意与群众欢乐互动的情景，一言难表。

为便于节日的筹备工作，国庆节群众游行指挥部的办公地点，就设在天安门内西朝房。当时，我在指挥部上班时，每天都要进出天安门门洞，可以说天安门伴随着我们的筹备工作多年。我初步计算了一下，到指挥部上班的时间，累积起来，占我一生工作时间的近五分之一，所以说我对天安门的一砖一瓦、一草一木都很有感情。

我已退休多年，有时，一有机会就到天安门城楼上看看。群众游行的往事，当年毛主席等党和国家领导人阅兵和检阅群众游行队伍的情形，仍历历在目。国庆节群众游行的

2014 年国庆期间的天安门广场

筹备工作，虽已过去了半个多世纪，但宏伟的天安门，庄严的庆典，仍记在我的脑海中。

天安门从明朝到新中国成立是历史的见证，是社会发展进步的见证，是中华人民共和国的象征。

# 何其有幸：与毛主席近距离接触

毛主席为了解放苦难的人民，投身革命，为人民的利益贡献一生。不论在战争年代，还是在建设时期，始终想着人民，为着人民，与人民群众心连心。从一些小事可看到毛主席热爱人民群众之深。在长征初期，毛主席大病初愈，体质十分虚弱，组织上给他制作了一副担架，毛主席经常把担架让给生病的战士们。一次部队渡赤水河时，一个警卫员因肚子疼走路困难，毛主席把担架留给警卫员，自己徒步上船。一次下级送给毛主席战利品——一瓶好酒，毛主席舍不得喝，送给了驻地村朝夕相处、鱼水相依的老大爷。

新中国成立初期，1950年夏，河南、安徽交界处的暴雨成灾，毛主席得知后，心急如焚，想方设法解决，并说"不解救人民，还叫什么共产党？"立即指示有关部门提出治理淮河的方案。想群众之所苦，急群众之所急。

毛主席密切联系群众，十分愿意到群众中去，接触群众、了解群众。

五六十年代，记得每年"国庆节""五一节"，在天安门广场举行群众游行活动，毛主席等党和国家领导人都在天安门城楼上检阅游行队伍。1960年以后，"国庆节"游行照常举行，"五一节"的群众游行活动，改为在市内八大公园举行群众游园联欢，毛主席等党和国家领导人也出现在游园联欢的群众之中。有时，毛主席还出现在天安门群众集会的城楼上，还出现在群众夹道欢迎队伍的面前。我曾多次参加"国庆节""五一节"群众游行的筹备和群众集会及群众夹道欢迎的组织工作，都能亲眼看到毛主席不离群众的身影。

经常看到"国庆节"群众游行，毛主席在天安门城楼上检阅。当群众通过天安门广场见到毛主席时，热血沸腾、激动不已、热泪盈眶，不断地高呼"毛主席万岁"！而在天安门城楼上检阅的毛主席也连连向游行群众挥手致意，有时还呼喊"人民万岁！"这时上下情感交融，体现了领袖与群众互动的场面。

"文革"初期，记得毛主席第一次接见群众时，预定时间是上午7时半开始。毛主席很早来到了天安门城楼，天安门广场上与会群众敲锣打鼓正在集合队伍。毛主席忽然转身下城楼，说要到广场"看一看"，要"到群众中去"。随后出天安门门洞，过金水桥，来到了天安门广场的北边。当群众看到毛主席时，顷刻间，广场里掀起了欢呼的风暴，人们欢乐、跳跃、涌动的浪潮真像排山倒海之势，向毛主席站立的地方涌来，大家都争先恐后，想目睹毛主席的风采。这时，警卫人员紧张起来，请毛主席赶快返回，毛主席还想多在这里待一会儿，再看一看群众。但这时，群众拥挤的狂潮，使警卫人员难以抵挡。这时，毛主席还是微笑着，热情洋溢地与拥上来的群众握手问好。最后，来了不少警卫人员，将拥挤的群众分开，清出一条通往天安门的通道。毛主席回到金水桥上，还恋恋不舍地，再次回转身来，挥动着军帽，向欢呼的人群致意。

记得一年国庆节，参加游行的人数较多，队伍通过天安门广场的时间较长，特别是从外地来京参加游行的红卫兵，都想到天安门前，多看几眼毛主席。毛主席为了让群众看得清楚，在天安门城楼上，从东头走到西头，往返多次，与群众交相呼应。那一次群众游行从上午 10 时开始，直到下午近 2 点才结束。毛主席等党和国家领导人，怀着对群众的深厚情意，离开天安门。

记得又一次，北京组织 100 万群众夹道欢迎苏联最高苏维埃主席团主席伏罗希洛夫，毛主席等党和国家领导人出席迎接。毛主席与伏罗希洛夫主席同乘坐一辆敞篷车，从南苑机场出发，沿途马路上夹道欢迎的群众，人山人海，车辆行驶到天安门西侧中山公园门前时，由于欢迎群众热情高涨，一下子围住了毛主席乘坐的车辆，车不能行进。这时我正在

毛主席在开国大典上

那里工作，群众把我挤到毛主席乘坐的车辆旁边，我的衣袖挂在车把上。当时，我很紧张，心想：这下可糟了，堵住毛主席乘坐的车，不得了，毛主席会不高兴，甚至生气、发脾气。我赶快让群众闪开路。这时，见毛主席面带笑容，高兴地与周围群众握起手来。看到毛主席与群众握着手，亲密无间的样子，这使我紧张的心情平静下来。之后，我想：这一场面持续下去，不是办法，会影响活动的进程。就先请毛主席和伏罗希洛夫主席坐下来，赶快请民警来开道，才使毛主席乘坐车辆向前行驶，进入中南海南门。这种群众爱领袖，领袖爱人民的场面，令人难忘。

记得还有一次，群众游行，我正在天安门前指挥室工作，周总理来电话，要我到天安门城楼上，向他汇报游行队伍的情况。当我到了城楼上，看见周总理正站在毛主席身旁，周总理见到我时，他说："小倪同志来了！"随后与我握手。这时周总理对毛主席说："这是北京市负责组织群众游行的小倪同志。"我伸出了手要与毛主席握手，一刹那我又犹豫着想：像我这样的无名小辈，毛主席能与我握手吗？不料毛主席伸出他宽厚的大手与我握了手。我十分激动。随后同周总理进到天安门城楼大殿休息厅，向总理汇报工作去了。我有幸能与毛主席握手，心情久久不能平静。

由于工作的关系，我曾多次见到毛主席，这也是我一生的荣幸和自豪，这一难得的机会，珍贵的时刻，一直萦怀于心。虽然已过去了几十年，但毛主席伟大光辉的形象，和蔼可亲的面容，热爱人民的情怀，仍记在我的脑海里，一次次地回荡在我的记忆中。

# 难忘时刻：第一次见到朱总司令

第一次见到朱总司令是 1951 年 8 月我从浙江温州来到北京，参加中央团校短训班的学习。在短训班毕业典礼上，见到了朱总司令。

1951 年 11 月 13 日下午举行毕业典礼之前，已听团校领导说，在毕业典礼上有中央首长出席。我们这些学员都是从全国各地来的，从未见过中央首长，为此，都非常高兴。但，不知是哪位首长出席，大家只等待这一刻的到来。

典礼当天，在中央团校大礼堂内举行。我记得礼堂内两侧悬挂着两条标语，一条是："团结各界青年普及与深入开展爱国主义教育，为增产节约加强抗美援朝运动而斗争！"另一条是："努力学习马列主义、毛泽东思想开展宣传工作，为进一步巩固壮大青年团而斗争！"

下午 1 点半，主席台上第一位出现的是中央团校校长、团中央书记冯文彬同志，第二位出现的就是朱总司令。当大家看到朱总司令时，会场顿时响起了雷鸣般的掌声，整整响了好几分钟，才停了下来。当时我激动地把手鼓红了鼓疼了。

毕业典礼开始，先由冯文彬同志做报告，然后朱总司令讲话。我记得总司令讲了三个问题。一是讲形势，他说："中国在毛主席的领导之下，获得了今天的胜利。但是，美帝国主义还不甘心，而来破坏我们的建设，我们进行了抗美援朝。在抗美援朝中取得了重大胜利，消灭了敌人数十万的兵力。在朝鲜战场上，已向世界显示出我们伟大国家的力量。中央决定明年的工作，仍要继续抗美援朝。"

二是讲建设，他说："我们的国家刚刚诞生，像一个小孩子。生在毛泽东时代的青年，要建设社会主义和共产主义，要调动全国五万万人民，齐心合力，都来搞建设，这就要求你们青年去积极宣传和投入。在五年或十年内一定要把国家建设好。"

三是讲学习，他说："你们青年人一定要努力学习，学习马克思列宁主义和毛泽东思想、学习文化、科学、生产知识，要在斗争、工作、劳动实践中学习，要使新的一代青年真正成为新中国需要的人才。"

当时，总司令已是65岁高龄，但他的目光仍然炯炯有神，讲话声音洪亮有力，令人感动。那天正是初冬季节，天气比较凉，总司令十分简朴地身穿绿色棉军大衣，脚穿一双

1949 年开国大典，朱德总司令在阅兵总指挥聂荣臻陪同下
检阅中国人民解放军部队

棉布鞋，面带慈祥的微笑，是一位非常可亲、可敬的伟人。

毕业典礼结束，总司令等领导从主席台上下来，走向通道，我正好坐在通道旁的座位上，总司令缓缓向我这边走来，当时我的心情非常激动，渴望与总司令握手，就在这一刹那总司令已走到我的身旁，我伸出双手与总司令握手，那一刻我无比激动。总司令又与其他同学握手。握手之后，我们目送总司令缓缓地走出大礼堂。此时，我的心情一直平静不下来，总是在看着与总司令握过的那双手，并把这个喜讯相告同学，共同分享这一喜悦。

当时，我想，总司令是无产阶级革命家、政治家、军事家，人民解放军的创建者之一，是中国共产党和中华人民共和国的领袖，是叱咤风云、戎马半生、久经沙场、身经百战的伟人，而走到青年群众当中，是那样的朴素，是那样的慈祥、平易近人，是那样地关爱青年，向我们青年人提出了中肯的要求和殷切的期望。深深感动着我和同伴们，这种感动一直鼓舞和激励着我奉献一生。

上述一切情形，虽已过去半个多世纪，但我仍记忆犹新，终身难忘。

# 风范永存：我眼中的周总理

周总理虽然已离去多年，但他为党为人民鞠躬尽瘁、死而后已的崇高精神，洁白无瑕、德服天下的高尚品德，却为亿万人民所怀念。周总理的光辉形象，永远活在我们的心中，时刻激励着我们、鼓舞着我们。周总理的高尚品德体现了国魂、党魂，是我党优良传统和优良作风的化身，是全心全意为人民服务的典范。在"文革"期间，周总理的胸前总挂着一枚"为人民服务"的小纪念章，"为人民服务"是周总理的座右铭，是他一生的真实写照。

我曾多年在北京市人民政府外事办公室工作，具体负责北京市大型群众活动的组织工作，能有机会与周总理接触，直接向总理请示汇报工作，聆听总理的谆谆教导，感到十分荣幸。现把我所见所闻的一些事情记述如下，以表达对总理的缅怀之情。

## 高瞻远瞩　透视未来

总理国事繁忙，日理万机，但对小事还非常重视，能以点见面，以小见大。记得1972年秋，国家体委在北京举行一次重要的国际体育比赛，并在工人体育馆举行隆重的开幕式，有国家领导人出席，还邀请外国驻华使馆的外交官，在京的外国专家出席，但没有邀请在京的外国留学生。当时，在京的外国留学生来自世界70多个国家和地区，共有700余人，由我们外事办公室负责管理。外国留学生从本国驻华使馆和本国来京的运动员那里获悉在京举行隆重开幕式的消息，不少留学生纷纷要求参加开幕式活动。为此，我们就向国家体委提出了希望能邀请外国留学生参加开幕式活动的建议。但是，国家体委未予同意，理由是他们是学生，身份低。我们曾多次做工作，但未能见效。

当时，我们束手无策，又临近举行开幕的时间，外国留学生要求参加开幕式的呼声也越来越强烈，在这种无奈的情况下，我想只好去打扰总理，就给总理写了一封信，反映了外国留学生的愿望。没有想到总理在工作极为繁忙的情况下，接到信后立即在信上批示：应让外国留学生参加开幕式，多做工作。这个批示很快就转到了国家体委，国家体委及时通知了我们，邀请外国留学生参加开幕式，并发给了开幕式的入场券。外国留学生观看了开幕式上各种精彩节目表演之后，心情激动，反映很好，效果甚佳，有的留学生把被邀请参加开幕式当做是一种荣誉，纷纷打电话、写书信告诉了自己国家的亲人，使这次活动达到了良好的宣传效果。

通过这件事，使我们深深地感到，总理远见卓识，站得高看得远，他不认为这些外国留学生是学生身份，而是看到这些学生是来自各个国家的代表，代表着各个国家的方方面面，邀请他们参加开幕式，也是向世界宣传中国，展示中国，作用是无可估量的。多年来，据不完全统计，曾在中国留学的人员当中，有一人在本国担任了总统（埃塞俄比亚总统穆拉图），有一人在本国担任了总理（哈萨克斯坦总理马西莫夫），有40余人在本国担任了副部长以上职务，有近20人先后担任了驻华大使，约60人担任了驻华使馆参赞，还有的担任了他们国家的总统和总理的高级翻译、秘书和保健医生。这对发展我国与这些国家的友好合作关系更会产生难以估量的作用。

这些外国留学生在我国学习生活了三四年，或五六年，他们了解中国，对中国有着较深的感情。我曾于1985年以北京市高等教育代表团团长的身份访问了非洲一些国家，见到了原在中国学习过的留学生，他们对我们代表团非常热情友好，有的留学生得知我们要访问他们的国家，从数百里之外赶到机场欢迎我们代表团。我们还听驻外使馆的同志说，这些留学生，对推动他们各自国家发展同中国的关系十分热心，对我使馆的工作给予很大的帮助和支持。为我国外交事业的发展做出了贡献。总理是一位高瞻远瞩，超越现实，透视未来，通览全局的伟人。

## 实事求是　求真务实

总理最讲实事求是，是求真务实的总理。他要求我们对外宣传也要做到实事求是，总理曾说："你们做外事工作的同志，向外宾介绍情况时，不要只讲成绩不讲缺点，成绩、缺点都要讲，要放手让外宾看我们好的、中间的和落后的地方，好、中、差是客观存在的。"

外宾在京参观，都由我们外事办公室负责组织安排。一次总理陪同西哈努克亲王参观北京郊区一公社社员家庭，我们事先挑选了生活条件较好，住房较宽松，思想文化水平较高的社员户来接待西哈努克亲王。被挑选上的户都做了准备，对周围未被选中的一些社员户，只是给他们打了个招呼，没有让他们做什么准备。到了参观的那一天，当总理和西哈努克亲王下车后，我们正准备带领他们到已准备好的社员家参观时，总理对西哈努克亲王说："他们领你去的社员户是事先早已安排好了的，我们到事先没有做准备的社员家里去看看。"总理陪同西哈努克亲王来到没有做任何准备的社员家里，参观之后，效果也不错，因为反映了社员家庭的实际情况。

说实话，过去我们总希望，让外宾参观的社员家庭，要选择条件比较好的。因此，在参观路线上往往是绕道而行，常常要绕过较差的社员户。此后，我们不断改进工作，提高接待水平，从原来的择选户绕道参观，逐步做到开辟整片的社员家庭，让外宾随意参观，放开让他们观看，这样做，参观的效果更好，外宾也更满意。

## 指导工作　心细如丝

总理既掌管国家大事，又不忽视细小地方，既看到森林，又能见到树木。总理十分关心迎宾工作，指导得很细致。总理要求迎宾队伍热情友好，各有特色，不能千篇一律。过去外国元首来我国访问，在飞机场组织群众迎送，在市区组织群众夹道欢迎，这项组织工作由外事办公室具体负责。组织这项工作一开始我们没有经验，在迎接队伍中的群众都是手持两国国旗和杂色纸花，从夹道欢迎队伍的开头一直到末尾都是同一种形式，色彩单调，千篇一律。经总理提出要求后，我们发动群众想办法出主意，逐步得到了改进。

改进后的夹道欢迎队伍，从建国门或东单路口、南池子南口开始，经东西长安街、木樨地到钓鱼台国宾馆东门。从夹道欢迎队伍的队首处，组成喇叭形状，两侧摆放八面大鼓并排列小乐队，队伍前排群众手持花束，后排群众手持彩旗，上空悬挂欢迎来访国家元首的大型横幅标语。使外宾车队一进入夹道队伍时，第一个印象是欢迎场面之大，欢迎气氛之浓。夹道欢迎的队伍被分成若干个段落，使群众手持不同色彩的花束，有的段落的群众手持红色花束，有的段落持黄色花束，有的段落持紫色花束，也有的段落持粉红色花束等，每隔几百米调换一种颜色，形成五颜六色、五彩缤纷的场面。同时，手持物品的形状也各不一样，有的是彩带，有的是花球，有的是花束，有的是花环，有的是两国国旗等等。在夹道欢迎路线比较开阔的地方，还视情况组织群众文艺表演并用鲜花组成"欢迎"字形。在天安门广场则安排专业文艺队伍表演各种民族舞蹈，在新华门前、木樨地和钓鱼台国宾馆东门等处，安排业余文艺表演和小乐队。在南长街南口、西单路口等处用鲜花组字。在夹道队伍后排群众手持彩旗。夹道队伍上空横挂两国国旗和彩旗，使欢迎场面具有立体感。同时群众高呼"欢迎！""欢迎！"的简短口号，声音整齐洪亮。外宾车队进入夹道欢迎队伍时，形成锣鼓喧天，鞭炮齐鸣，口号起伏，翩翩起舞，花束跳动，彩旗招展的场面，给外宾留下深刻印象，外宾对此赞不绝口，称赞中国人民热情好客，中国真是礼仪之邦。达到这种好的效果，都凝聚了总理的心血。

总理还十分关心夹道欢迎时的天气风向。有一次夹道欢迎一位外国元首的当天上午，总理突然问及身边的工作人员今天的天气是什么风向，当时工作人员被总理问愣了，不知总理为什么要问起天气的风向来，工作人员按照总理的指示，询问了气象部门，得知了当天的风向，报告了总理，总理又指示工作人员，立即将风向告诉北京市组织群众夹道欢迎指挥部，我们接到电话后，非常感激总理的细心关怀。

总理为什么把当天的天气风向告诉我们呢？因为，每次组织群众夹道欢迎外国元首时，在夹道路线都安排燃放鞭炮，同时，还要根据夹道欢迎当天的天气风向来确定燃放的位置，要在与风向相反的方向燃放。如刮西北风时，燃放鞭炮的位置要放在夹道欢迎队伍的东南边，如刮东南风时，燃放鞭炮的位置要放在夹道欢迎队伍的西北边。这样使鞭炮的烟雾随风而散去，不会呛到坐敞篷车的国家领导人和外国元首。如果放错了位置，把燃放点放在顺风的方向燃放时，烟雾呛了国家领导人和外国元首，就会造成组织工作的失误。

所以，我们每次组织夹道欢迎时，都要掌握当天天气风向的变化，来确定燃放鞭炮的位置。总理想得如此周到，促使我们的工作更加谨慎细致，万无一失。多年来，我们组织过许多次夹道欢迎时燃放鞭炮，从未发生过烟雾呛到国家领导人和外国元首的事故，这也是总理细心关怀的结果。

建人民大会堂，总理八次审阅大会堂设计方案。在建设过程中，总理又亲自视察工作质量。并对设计和施工人员反复强调说："人民大会堂的安全十分重要，它的寿命要比故宫和中山堂还要长。起码不少于350年，一定要抓好大会堂的结构安全。"

大会堂建成后，总理对大会堂的服务和管理工作十分关心。当时的服务人员是从各省市选派来的。总理对他们要求很严，指导很细。总理从中、西餐宴会的服务程序、厅室卫生清扫、痰盂摆放到厕所除臭、毛巾洗换等，都一一指导。总理一发现问题就及时指出。如北京的自来水含碱量大，为保持龙井茶清澈沁香的特点，总理让服务员在锅炉的开水龙头上加过滤的纱布。有时会见外宾时间较短（有时间限制），总理就让服务员事先将杯中的茶叶滴点开水泡开，待客人到时，再斟满端上，以便客人饮用时适宜可口。总理还要求服务员对外宾上菜前一律按座位顺序送毛巾、上茶。上菜必须先外宾，后内宾，而且必须"请"字在前，动作在后。

宴会上菜时，总理要求服务员先报菜名，做一个使用餐具的动作，以方便客人。有一次总理发现烤鸭片有些大时，马上让服务员转告，请厨师把鸭片割得小些，要片成椭圆形状的，夹在饼里，方便客人。

总理无微不至地关心着毛主席的健康，凡是陪同毛主席参加的内、外事活动，总理都非常细心地检查每一个地方。毛主席行走的路线，是否有障碍，活动厅的椅子是否牢靠，都要检查。并且告诉服务员说："椅子摆上去，你们要先坐一坐，看看有什么问题。地毯接缝要平展，因为上年岁的人走路脚抬不高，容易绊着。"毛主席参加宴会的菜单，总理总是一审再审，一切为了毛主席的安全和健康。

美国总统尼克松第一次访华时，国宴上奏的乐曲，都由总理亲自安排，选定的乐曲都是尼克松最喜欢听的。其中有一首曲子是尼克松就任总统的乐曲，尼克松欣赏后十分高兴。

英国陆军元帅蒙哥马利将军第一次访华时，让他观看的文艺节目是穆桂英挂帅。第二次访华时，文化部计划安排他观看花木兰从军的节目。总理知道后，认为与第一次雷同，提出让他看中国杂技叠椅子。蒙哥马利观看以后，反映非常好，在他后来写回忆录时，还把叠椅子节目写在书中。

总理对北京的街道了如指掌。我记得1966年10月份一次，毛主席接见红卫兵的地点，就是总理提出的在东三环和北三环。并要求我们到现场实地查看后向他汇报，当向他汇报时，总理问得十分具体：东三环、北三环的长度和宽度，每一平方米坐几个红卫兵，马路中间夹道留多宽等，我都一一向总理作了详细汇报。最后他一再叮嘱，一定把组织工作搞细搞好，不能出纰漏。我们按照总理的指示，认真加以落实。接见当天，按预定的时间顺利进行，没有出任何问题。

还有在 1966 年国庆节的群众游行活动，总理也抓得很细，当我向他汇报时，总理问游行队伍一分钟走多少米，我告诉总理根据各种队伍的特点，前卫队每分钟行进速度为 80 米，三军、工人、农民、居民、机关干部和大、中学生队伍为 70 米，文艺大队为 63 米。总理的工作风格真是心细如丝。

## 无微不至　关爱群众

人民总理最爱护、关心人民。他爱的浓厚，对人民群众之爱，如雨润田，如土载物般地浑厚深沉。在"文化大革命"中，红卫兵大串联，全国有 1000 万红卫兵先后到北京串联。负责这么多人的吃住行是很大的问题，同时还组织了八次毛主席接见红卫兵的大型活动，这一切工作都是总理直接领导和具体指挥的。总理对红卫兵的活动考虑得很周到，就拿毛主席接见红卫兵的工作来说，当时成立了指挥部，具体工作由北京市委负责。我是指挥部办公室的工作人员，负责接见的具体组织工作，经常向总理直接请示汇报工作。在汇报工作时，总理询问得非常具体仔细：如问组织接见红卫兵队伍密度，前后厚度有几排；接见沿线设置多少个供红卫兵队伍使用的厕所，通向厕所的通道有多宽，够不够用；沿途安置了多少个自来水龙头，红卫兵饮水够不够用；接见当天，红卫兵队伍什么时间出发，什么时间到达集合地点，交通工具是怎么安排的；等等，我都一一做了详细汇报。最后，总理指示一定要减少红卫兵疲劳，把组织工作做好。

有一次毛主席在天安门城楼上接见红卫兵，队伍以游行的方式通过天安门广场，从上午 10 点开始接见，到下午 3 点，红卫兵队伍尚未完全通过天安门广场。当时，总理把我从天安门城楼下指挥室叫到城楼上去，询问我：现在还有多少红卫兵尚未通过天安门广场，如全部通过还需要多少时间。我向总理汇报：红卫兵队伍已通过了三分之二，剩下还有三分之一，按目前的行进速度，至少还需要两个半小时。总理听了我的汇报之后，说：接见时间太长了，红卫兵太疲劳，不能再继续进行。指示我今天的接见就到此结束，剩余的队伍，下次再组织。我就按总理的指示，作了结束的安排，红卫兵队伍按原路返回各自的住地。

毛主席在天安门广场接见红卫兵，有一个很大的矛盾，因为，红卫兵队伍通过天安门广场时，都想多看看毛主席等国家领导人，那么行进速度就会很慢，接见的时间就要延长，增加红卫兵的疲劳。为此，总理曾提出要求，怎样减少红卫兵疲劳，行进速度能快一些，接见的时间要短一些。根据总理的指示，我们采取了用汽车载人的办法，让红卫兵坐在大卡车上通过天安门广场受毛主席接见。这样做，速度倒快了，但车辆载人有限，接见一次总人数不多。后来又采取夹道形式，毛主席等国家领导人乘坐敞篷车，从夹道中间通过，这样速度快。如最后一次共组织 190 万红卫兵，不到两小时接见就结束。从以上情况足以看出，总理与人民群众心连心，是一位大爱大德的好总理。

在五六十年代，迎送来华访问的国家元首，都由北京市负责组织群众，在机场有数千名群众迎送，城里组织二三十万群众夹道欢迎。我记得人数最多的一次，是在1957 年欢迎苏联最高苏维埃主席团主席伏罗希洛夫，从南苑机场经永定门至中南海南门，沿途组织了 100 万群众夹道欢迎。五六十年代共组织了 100 来次。

在组织群众夹道欢迎，有时遇到酷热的夏天，欢迎群众站在马路中间，无荫遮阳，地面温度又高，群众一站就是一

1963 年 10 月，周恩来和邓小平在天安门城楼上

个多小时，还要高呼口号，手挥花束和唱歌跳舞，大家热得汗流浃背。有时在冬天，遇上寒风刺骨，群众不停地跺脚、搓手取暖。总理对于这一切都看在眼里疼在心上。到 70 年代初，在总理的极力倡议下，进行礼宾改革，取消了夹道欢迎这一场面。

总理在机场送别国宾之后，习惯的做法，总要返回群众队伍前，向群众热情挥手告别，然后才乘车离开机场。我记得有一次在机场刚送别一位外国元首，总理正按着以往习惯走向群众队伍时，突然天空乌云遮天，电闪雷鸣，顷刻下起倾盆大雨，在机场的警卫和民航负责人随即打开雨伞给总理遮雨，被总理拒绝了，并说："你们看看群众有雨伞雨衣吗？"这时总理加快步伐走向群众队伍，当时群众的情绪十分激动。总理的行动像一股暖流温暖着每个人的心，许多群众感动得热泪盈眶，不约而同地高呼：感谢总理！感谢总理！总理边与群众挥手，边说同志们辛苦了。并向民航的同志交代，马上给群众安排烤烤衣服，取取暖，准备姜汤去去寒。这种动人场面，体现了总理关爱群众，无微不至，与群众同甘共苦的鱼水深情。

## 博学多才　以柔克刚

总理是一位博学多谋、辩才杰出、以柔克刚、妙语如珠、富有幽默感的伟人。在对外交往中，以幽默巧解人意，化险为夷，深受世人敬佩。一次总理接见美国记者，对方不怀好意地问："总理阁下，你们中国人为什么把人走的路叫马路呢？"总理听后没有急于用刺人的语言反驳，而是巧妙地回答："我们走的是马克思主义之路，简称叫马路。"对方又问："总理阁下，在美国人都仰着头走路，而你们中国人为什么低着头走路呢？"总理又微笑着说："这个问题很简单嘛！你们美国人走的是下坡路，当然要仰着头走路。我们中国人走的是上坡路，当然要低着头走了。"寥寥数语，使对方垂头丧气哑口无言。

一次总理举行记者招待会，介绍我国建设成就。刚讲完话，一个西方记者提问说："请问总理先生，中国人民银行有多少资金？"总理诙谐地回答："中国人民银行的资金有18元8角8分。"看到众人不解的样子，总理又解释说："中国人民银行发行货币的面额为10元、5元、2元、1元、5角、2角、1角、5分、2分、1分，共十种人民币，合计18元8角8分。"可见总理是一位机智过人、针锋相对、外柔内刚、稳中取胜的杰出外交家。

1972年2月尼克松总统访华，周总理陪同尼克松参观我国自行设计和施工的南京长江大桥。当踏上引桥时，尼克松突然问："总理阁下，请问南京大桥每天有多少人经过？"总理说："总统阁下，南京大桥每天有五个人经过。"看到对方发愣的样子，总理又自豪地解释说："每天经过南京大桥的人是工、农、商、学、兵，不是五个人吗？"尼克松听后"啊"了一声，随即连连点头、赞叹。

在1954年的日内瓦会议上，美国代表团团长杜勒斯规定美国代表团成员不准同中国代表团成员握手，他的用意就是不承认新中国，不同我们和解。中国代表团经总理批准也做了规定：我们不主动和美国代表团成员握手，如他们主动握手，礼尚往来，我们不要拒绝。开会不久，杜勒斯提前回国了。当时团长由他的副手史密斯代替。史密斯对杜勒斯的做法有保留。曾主动端着酒杯，走到我国代表团翻译前，称赞我翻译英语讲得好，是地道的美国音，还称赞中国的古老文化。总理知道这些情况后就说："既然史密斯愿意，而且敢于同我们接触，明天休息时我和他谈谈。"第二天到休会时，史密斯也想同周总理接近，但史密斯不好破坏杜勒斯的规定，他就用右手端着一杯咖啡，走到总理的面前，又不好用左手跟周总理握手，就抬了一下总理的胳膊。

1972年2月21日中午，美国总统尼克松乘美国"空军一号"专机在北京机场降落，尼克松走下飞机，先伸出手来与站在舷梯旁的总理握手。周总理说："总统先生，你把手伸过了世界最辽阔的海洋和我握手。"总理的语言既幽默，又意味深长。在尼克松访华期间，总理把1954年杜勒斯规定不准同中国代表团成员握手这一往事跟尼克松描绘后，引起了尼克松总统一行哄堂大笑。

50年代，中国与印度的关系很好。在一次访问中，印度总理尼赫鲁对周总理说，要把中国驻印度大使馆的官邸送给中国。周总理讲不能白送，要给你钱，给一个卢比（人民币2角），两位领导人还要签约。尼赫鲁同意，说就按一个卢比签约。到60年代中印关系恶化，两国边境打起仗来了。印度政府想把大使馆要回去。但已有签约，他们也没有办法要回去。总理用人民币 2 角钱买回来一个使馆。

## 廉洁奉公　两袖清风

总理用餐十分朴素，每餐两菜一汤和二两米饭。有位服务人员第一次给总理端饭时，大师傅已经把两菜一汤（素炒油菜薹、肉末炒雪里蕻、菠菜汤）和米饭放在托盘内，可是他还不端走，并问大师傅还有什么菜？大师傅说总理每餐就是两菜一汤，每周还必吃两次粗粮。

我参加总理召开的会议，每到吃饭的时候，总理都与我们大家吃的一样。如在人民大会堂开会时用餐，每人一碗汤面，四个豆沙包，总理饭量小，常常吃不完，就让我吃，并说："你这个年轻人帮助吃两个吧！"那时我才 30 岁出头，参加会议也是最年轻的一个。有时总理在飞机场送走外宾后，赶不回去吃饭，就在机场餐厅用餐，与我们工作人员吃一样的饭菜。如早点吃稀饭、面包片和几盘小菜，非常之简单。

总理不论在大事上，还是在小事上，都一向严格遵守中央规定，坚决反对搞特殊化。如开会喝茶的事。1961 年国家困难时，中央规定开会不招待茶。有一次总理开会回来问工作人员："今天开会我喝的茶是哪里来的？"工作人员说："是我叫服务员给的。"总理又问："钱给了吗？"工作人员说："已叫服务员记上账，下次一块儿付钱。"总理又说："现在已有规定，中央开会不招待茶，今天的茶可以不给我要，我一次不喝茶没有什么关系，而且会场也没有卖茶的。"工作人员又讲："您昨晚睡得那么少，喝点茶可以提提精神。"总理加重语气说："现在我们的国家正是困难时期，人民生活艰苦，我少喝一杯茶，又算得了什么？"

我看到的人民大会堂在喝茶问题上习惯做法是，开会时在会议厅门口服务员端着一个托盘，上面放着已包好的一小包一小包茶叶，每包一角钱，谁要喝茶，进会议厅前先交一角钱，服务员把茶沏好送到谁的座位上，如你不交钱，就送去一杯白开水。总理喝茶也同样是自己付钱。

总理在北京饭店理发、用餐都当场付款、付粮票。一次他忘了带粮票，回去后还特意让卫士长如数送来。用餐也很简单，不准有任何特殊照顾。困难时期，规定有外宾的宴会，才能上花生米。一次总理在北京饭店用餐时，服务员给上了一小碟花生米，总理语重心长地说："全国人民都在度荒年，我们领导干部更要以身作则，不能搞半点特殊，否则，就会脱离群众，把花生米撤下去吧！"

总理常对身边的工作人员说："在我这里工作，不要搞特殊，不要认为在我这里工作，就高人一等，不要用我的名义去压人。"

一次总理指着他的上海牌手表问身边的工作人员："这块表是不是按市场价买的？如果低于市场价，把钱补上。你们不要用我的名义买东西。你们要做榜样，不然就会特殊。"我曾与总理的秘书接触过，他们非常平易近人，没有架子，这都与周总理的教导分不开。

一次上海给总理送来一个保温器。总理知道后，问身边工作人员："听说上海给了一个保温器，你们给拿来了？"工作人员回答说："是的，是上海的试制品，说是叫我们先试一下。"总理接着问："给钱了吗？"工作人员讲给了。总理又说："这种做法不好嘛！试用，为什么不给我说一下，就拿来了，你们又不懂技术。"总理就是这样严格要求身边的工作人员。

总理对老同学、老同乡都是秉公办事。有一次，淮安来人找总理，想请总理批些钢材。总理没有批给他们，并对县里人讲："你们需要钢材，应纳入省计划。"总理从未利用职权给家乡搞过特殊照顾。

有时，老家送东西给总理，总理不收。如果收了，如数付钱。并把中央有关文件寄给他们，请他们下次不要再送。

总理给自己家规定了十条家规：（1）晚辈不能丢下自己的工作，专程来看望他；（2）来者一律住国务院招待所；（3）一律到食堂排队买饭，有工作的自费，没工作的总理代付伙食费；（4）看电影、看戏以家属身份买票入场，不准用招待券；（5）不准请客送礼；（6）不准用公家车子；（7）个人生活中凡能自己做的事，不要让别人办；（8）生活要艰苦朴素；（9）任何场合都不要讲出与总理的关系，不要炫耀自己；（10）不谋私利，不搞特殊化。

总理辞世前曾讲：我辞世后亲戚不要来北京，在自己的岗位上工作，这是对我的最好的纪念。如果你们一定要来，要由自己拿路费，不能花国家的钱。总理就是这样，严格要求自己的亲属。总理是廉洁奉公、两袖清风的最好典范。

## 艰苦朴素　勤俭治国

总理一贯严于律己，克己奉公，以身作则，艰苦朴素，勤俭治国。总理曾说："我在国务院任职期间决不建政府大厦。"

为了修缮总理办公的地方西花厅，总理严厉批评了有关工作人员，并在国务院会议上做了三次自我批评。事情是这样的，西花厅是陈旧的老式房屋，光线很暗，青砖地很潮湿，厨房在房后小平房里做好饭送到总理吃饭的地方，要绕过一条露天的窄小通道，冬天饭菜更不易保温，办公居住条件比较差。特别是周总理常有膝盖疼的毛病，这和他日日夜夜长年在潮湿房里办公大有关系。看到这种情况，在总理身边工作的同志心里不安。正巧在 1959 年初，总理出差，要在外地工作两个多月，邓大姐又不在北京。总理身边工作人员借机把西花厅维修了一下，工作量很小，只是在砖地上铺上了木地板，从厨房到饭厅通道搭了个棚。另外，改善了室内光线，把窗帘换成白色，走廊立柱的油漆全掉了，把它重漆了一下。

总理外出回来，一进门就惊讶地询问："这是怎么回事? 谁叫你们修的。"发了脾气抬腿就走，并要求说："你们把室内原来的东西给我换回来。"工作人员没有办法，只好把旧窗帘和其他旧东西又换了回来。为在总理并不知道的情况下修房这件事，总理在国务院会议上对几位副总理和部长们说："借此机会，我得做自我批评，修了房子，你们可以到西花厅去看看，修的标准太高了，你们千万不要重复我的错误。"总理就是这样严格要求自己。对我们的干部队伍特别是在高级干部中发扬党的艰苦奋斗的优良传统，无疑地起了很好的带头作用。总理平时不接待外宾时，着装简朴，都穿棉布旧中山装。有的是 50 年代初做的布制服，还有新中国成立前做的两套制服一直穿到去世。我看总理的裤腿很肥，虽是旧制服，非常干净整齐。总理还在办公室戴套袖，省得办公费衣服。

总理穿的皮鞋非常旧，我看至少穿了 10 来年，皮子都发硬了，但非常光亮干净。总理的这种艰苦朴素、勤俭治国的优良作风，为全党、全国人民树立了光辉的榜样。

## 平等待人　平易近人

与总理接触是一种精神享受。他才高不骄，位高不显，高于人而又平等待人，平易近人。他的一举一动、一言一行，都具有领袖的气质和魅力，表现出刚毅、坚定，有着思想深远的大政治家的风度。他和蔼可亲，毫无居高临下的感觉。就拿总理与人握手来说，也与众不同。我多次参加总理召开的会议，总理到会场时总要和与会的同志握手，给人以热情、亲切、诚恳和温暖的感觉。总理的握手与一般人似乎是做做样子完全不同，他有力地握着，而且持续到对方表现出要松手的神情时为止。他握手时总是目不转睛地凝视对方，像是要看穿对方的心，不像有的领导握着这个人的手，目光对着别的地方看。

总理的记忆力非凡超众。凡是同总理打过交道的人，见你一面，就记住了你的名字和所在单位。一次见面后，他总能叫出你的名字，特别是对我们这些一般干部也不例外。我第一次参加总理主持的会议，做了自我介绍，后来参加第二次会议，总理就叫出我的名字来了。叫出名字，显然包含着总理的那种平等待人、平易近人的深厚之意。

总理有很强的民主作风，不个人说了算。他最不喜欢那些唯唯诺诺的人，在研究工作和讨论问题时，如果有人说，完全拥护总理的意见，总理就不高兴，并批评说："如果我的意见都正确，那么开会干什么！开会就是研究不同的意见，集中正确的意见。我希望你们谈一些不同意见，不要只讲赞成、拥护的话。"这一点我深有体会，我多次参加总理主持的会议，一开会总理从不先讲结论性的意见，总是先听取大家的汇报和意见，特别对有些不同意见听得很详细，然后再做指示，指示之后不是马上散会，而是征求同志们的意见。有时还一个一个同志点着名地问还有什么意见吗？等到大家都表态没有意见了，才宣布散会。总理非常平易近人，和蔼可亲，他主持的会议总是很活跃，从不冷场。我觉得参加总理主持的会议，是灵魂的净化，也是一种精神上的享受。

总理的博大胸怀，宽宏大度，容忍、耐心，处事有度，人人皆知。特别是对反对他的人，总理不但不反感，还是热情对待，耐心做工作。在"文化大革命"中，一次有3000多名红卫兵为一件口号的事，到天安门广场造反，企图冲击毛主席正接见红卫兵的队伍。总理得知此事，要接见这批造反的红卫兵，可是这批红卫兵不同意总理出来接见，他们无理提出让江青来接见。我们在场的同志听到此事都非常气愤。当时我想，总理这么忙，出来接见还不同意，真不识抬举，不同意接见就不见了。但是，总理依然很耐心，还对我们说："要派人去做说服工作，不要用行政命令的手段。"我们按照总理的指示，派人做了工作，这批红卫兵才同意总理接见他们。总理与这批红卫兵苦口婆心地做了两个来小时的耐心工作，才把这批红卫兵说服，他们返回了各自的学校，终于使事态平息下来。总理博大胸怀、忍辱负重的精神，是以牺牲个人荣辱为代价的，正是这种不计较个人得失的高贵品格，使总理在党内国内、在人民中间赢得了无限尊敬和爱戴。

## 严帮结合　亲切教诲

总理对做错了事的同志，总是谆谆教导，循循善诱，既严格要求，又热情帮助。一次有项工作我们没有及时报告总理，而出现了纰漏，得到了总理的亲切教诲。记得是在1966年"文化大革命"期间，毛主席接见红卫兵的时候，当时我们共起草了12条口号，报送中宣部审阅后，由北京市印发。由于这些口号都比较长，为了便于红卫兵呼喊，中宣部审阅时便把口号修改得比较简短，去掉了一些形容词。口号发给红卫兵时，有的红卫兵不理解，误认为口号有什么问题，造起反来。准备冲击毛主席要接见的红卫兵的队伍，我们得知后未及时向总理报告，但立即组织了解放军把他们挡住了，未影响毛主席接见红卫兵队伍。

当时，总理在天安门城楼上知道此事后，就把我从天安门前的指挥室里叫到城楼上去，询问情况。当时我想见到总理时首先要做检讨，并虚心接受总理的批评。但未料到，我上了城楼见到总理，未等我开口，总理就用和蔼的口吻对我说："小倪同志，此事不怪你们年轻人，但出了纰漏，不管是谁的责任，都要及时报告，尽快采取措施加以解决。"总理当时指示调用公共汽车把造反的红卫兵接到工人体育馆，由总理亲自向他们做工作。并指示我："不要到工人体育馆去，把口号事的整个经过写一个详细材料，晚上送给我。"我按照总理的指示写了材料，当晚10点多钟送到总理的办公室。总理的亲切教诲，虽然寥寥数言，但使我终生难忘，时刻在激励着自己。每当回想起这段往事，总是历历在目，引起对总理的无限怀念。

## 鞠躬尽瘁　死而后已

总理工作的繁忙举世闻名，国内外许多有名望、有影响的人，都这样说："周恩来是这个世界上最忙、工作最多、睡眠最少、最辛苦的人。"邓小平同志在接受意大利女记者奥琳埃娜·法拉奇采访时说过："周总理是一生勤勤恳恳、任劳任怨工作的人，他一天的工作时间总超过 12 小时，有时在 16 小时以上，一生如此。"郭沫若在他的《洪波曲》一文中对周总理是这样评价的："我对周公是向来心悦诚服的。他思考事物的周密，有如水银泻地；处理问题的敏捷，有如电火行空；而他一切都以献身精神应付，就好像永不疲劳。他可以几天几夜不眠不休，你看他似乎疲劳了，然而一和工作接触，他的全部心神就和上了发条的钟表一样，有条有理地又发挥着规律性的紧张，发出和谐而有力的节奏。"

总理在重病期间还一直忘我工作。我有一次非常难忘的活动，就是参加 1974 年 9 月 30 日新中国成立 25 周年国庆招待会，招待会在人民大会堂宴会厅举行，因癌症动过几次大手术的总理，抱病出席国庆招待会，讲祝酒词时，尽管他已非常消瘦，脸上手上布满了一道道皱纹和一片片老年斑，动作和声音也显得那么苍老、疲惫，可是他依然以挺直的体态撞击着大家的心灵，他的目光仍然那样炯炯有神。人们为他的到来欢声雷动。他的祝酒词虽然只有短短的 379 个字，但多次被掌声打断，祝酒词结束时再一次响起热烈的掌声，而久久未能落音。总理走下主席台后，还向外宾敬酒。招待会整整进行了一个小时，总理抱病坚持到招待会结束，才离开宴会厅。

据统计，1974年1—5月总理以76岁高龄的重病之躯，在139天的实际工作量中，每日工作12—14小时有9天，14—18小时有74天，19—23小时有38天，连续工作24小时有5天，只有13天的工作量在12小时以内。此外，从3月中旬到5月底两个半月内，除日常工作外，共参加各种会议21次，外事活动54次，其他会见和谈话57次。

总理早在1972年5月，已被确诊患了膀胱癌。他在重病缠身、死神将要来临的时候，还为国家操劳，鞠躬尽瘁，死而后已。他为全党全国人民树立了伟大的光辉典范。就像总理自己对邓大姐所说的那样："我们要像春蚕一样，尽力吐丝，直到生命止息，春蚕到死丝方尽嘛！""我们老了，为党工作的时间不多了，能争取一分钟时间就多做一分钟工作，要抢着时间工作才行。"

我们的周总理是全天候的总理，是日夜操劳的总理。在总理的办公桌上有一个台历，总理每天上班，第一件事是看台历。秘书们事先将总理一天的活动安排，都记在台历上。台历纸正反面被写得满满的，一天时间也就排满了。

总理经常因工作繁忙而没有吃饭的时间，常常是边吃边开会，边吃边谈话，边吃边听汇报。有时把饭菜打来了，直到凉了总理还忙得顾不上吃。工作人员只好端回伙房重新热一热。有时来回热了好几次，总理才吃上饭。总理每天的时间是以分秒来计算的。

我曾多次参加了周总理亲自主持的会议。周总理召开会议的时间有时在上午，有时在下午，但较多的时间在晚上九十点钟之后。不论在什么时候开会，总理总是精力充沛，他的音容笑貌至今还常常浮现在我的脑海之中。有时会议进行到吃饭时间，总理从不休会，是边吃边开会。我记得有一次安排在中午开会，我们到会的同志都已经吃过午饭，但总理在飞机场送外宾后，赶到人民大会堂主持会议。当我们得知总理还未吃午饭时，都劝总理先去吃饭，后开会，但我们多次请求都被总理拒绝。最后，只好请服务员端来一碗汤面，总理边吃边听我们大家的汇报。

周总理住院期间，还是那样不分昼夜地坚持工作，每天由秘书挑选文件，交给邓大姐带到医院。开始时总理亲自批文件、看书、看报纸等。后来病情加重，便逐渐由邓大姐和秘书来念文件，请卫士和护士们轮流给总理读报纸。总理甚至在上手术台前还要批阅、签发文件。那是在 1975 年 11 月的一天，总理已经打过麻药，就要推进手术室时，一位秘书拿着一份记录，急忙赶到让总理签发。总理看了记录稿后，用颤抖的手写下了批示和签了名才被推进了手术室。

总理是在 1976 年 1 月 8 日上午 9 时 57 分逝世的。但在他去世前的十几天，还找罗青长同志谈解放台湾的事。当时总理讲话的声音已很微弱了。总理在 1 月 8 日早晨还对身边的护理人员说："我这里没有事了，请你们去照顾别的病人。"总理在逝世前片刻，还一心想着别人。真是人民的好总理啊！

## 春蚕丝尽　风范人间

1976 年 1 月 8 日 9 时 57 分，人民的总理怀着造福于人民的许多美好憧憬，怀着对党和国家前途命运的思虑和关切，怀着对共产主义事业必胜的坚定信念，离开了我们。在火化遗体前的一个下午 3 点，我怀着十分悲痛的心情来到了北京医院向总理遗体告别。当时的情景是，已经看到总理遗容的人，有的人号啕大哭，有的人甚至晕倒在地，还没有看到总理遗容的人，则小声悲痛抽泣，我也是其中一个。当我就要进停放总理遗体的房子时，看到房子很小，总理的遗体脚向着门，头朝里，在脚前摆放着邓大姐自制的花圈，上款写：恩来千古。下款写：小超。总理遗体覆盖着中国共产党党旗。虽然经过整容，但明显看出总理已人瘦如柴了，颧骨突起，头发不是花白已经全白了。总理穿的是一身旧衣服，是总理多年穿过的灰色凡拉绒中山装。当我缓缓走出遗体房时，不禁悲痛欲绝，想着总理鞠躬尽瘁为革命一生，临终还穿着他经常穿的旧衣服。这种情景已过去 40 多年了，但仍然历历在目。

总理虽然已离开我们，但他的光辉形象、崇高精神，是我们的宝贵财富，是我们永远学习的榜样。正如邓小平同志在周总理追悼会的悼词中号召全国人民向总理学习那样："学习他对马克思主义、列宁主义、毛泽东思想的无限忠诚，学习他全心全意为人民服务的高尚品质，学习他对敌斗争的坚定性，学习他坚强的无产阶级党性，学习他谦虚谨慎，平易近人，以身作则，艰苦朴素的优良作风，学习他同疾病作斗争的革命毅力和坚韧不拔的革命精神。"人们把周总理身上充分展示的这种精神风范，亲切地称为"周恩来精神"。周恩来精神永存人间、光照人间。

周总理的光辉形象名扬世界，在 1976 年 1 月 8 日周总理逝世时，与我国建立外交关系的国家只有 103 个，但却有 130 个国家的党、政领导人发来唁电、唁函。世界上几乎所有国家的报纸、电台都在第一时间播报了这一消息。设在美国纽约联合国总部门前的联合国旗降了半旗，这是非常罕见的事，自 1945 年联合国成立以来，世界上有多少国家的元首先后去世，联合国还从来没有为谁下过半旗，唯独周总理逝世下了半旗。时任联合国秘书长瓦尔德海姆说："为了悼念周恩来，联合国下半旗。原因有二：一是中国是一个文明古国，它的金银财宝多得不计其数，它使用的人民币多得我们数不过来。可是，它的总理周恩来没有一分钱的存款！二是中国有 10 亿人口，占世界人口的 1/4，可是，它的总理周恩来，没有一个孩子。"这番话反映了联合国秘书长瓦尔德海姆对中国的友好，特别是对中国人民敬爱的周总理的无比敬重，同时也反映了周总理的高尚品格举世无双，光照世人。

## 附录：
## 25 次国庆庆典活动的概况

据统计，从 1949 年开国大典至 2009 年国庆 60 周年，在天安门广场共举行了 25 次国庆庆典活动。

25 次庆典活动中有阅兵 14 次，14 次阅兵参阅部队共计 16 万余人次，其中参阅人数最多的一次 24209 人，最少的一次 7046 人；25 次群众游行共组织了 1100 万人次，其中游行人数最多的一次组织了 100 万人，最少的一次组织了 10 万人；25 次广场队伍，共组织了 185 万余人次，其中人数最多的一次组织了 105000 人，最少的一次组织了 2 万人；阅兵和群众游行时间，最长的一次 6 小时 20 分，最短的一次两个小时。

25 次庆典活动，在天安门城楼主席台上检阅的，据不完全统计有8760余人次,其中检阅人数最多的一次1000余人,最少的一次100余人;在天安门城楼下各观礼台上观礼的共有368000余人次,其中人数最多的一次3万人,最少的一次7000人。

每次庆典活动的具体简况是:

## 1949 年

开国大典阅兵。受阅部队由陆、海、空三军组成,共16400人,其中有12个步兵方队,5个炮兵师方队,3个战车方队,4个骑兵方队,通过天安门广场接受党和国家领导人的检阅。阅兵历时两个半小时。

开国大典群众游行。北京工、农、兵、学、商及社会各界人士共30万人参加。阅兵式结束,开始游行时,天色已晚,群众举着红灯,像火龙似的通过天安门广场。同时组织广场队伍2万人参加庆祝活动。

天安门观礼。1日下午2点40分,毛泽东主席第一个沿城楼西侧的古砖梯道走100节台阶登上天安门城楼主席台,副主席朱德、刘少奇、宋庆龄、李济深、张澜和周恩来总理等党和国家领导人也紧随其后登上天安门城楼。登上主席台检阅的共100余人。下午3时,在代国歌——《义勇军进行曲》的乐曲声中,毛主席在城楼亲自开动天安门广场国旗杆的电钮,冉冉升起中华人民共和国第一面五星红旗，标志着中华人民共和国中央人民政府的成立。第一面国旗长460厘米，宽318厘米。在城楼下各观礼台上观礼人员共有7000余人。这次阅兵和群众游行时间共6小时20分，是庆典活动最长的一次。

## 1950年

国庆阅兵。受阅部队由陆、海、空三军和公安部队组成，共24209人，各种武器装备共382件，战马2899匹。这次阅兵时间为80分钟。

国庆群众游行。组织游行队伍30余万人，走在最前列的是15000名少先队员，他们一律穿着白色上衣，结着红色的领巾。接着是6万名产业职工，4万名近郊农民，3000名回民兄弟、6万名机关职工、75000名中等学校学生、10万名店员和市民。最后是6000名文艺工作者，在文艺队伍中，工农兵塑像制成立体彩雕抬在队伍前面。绘制的"文艺为工农兵服务"的巨形标语，衬托在彩色雕塑队伍的后面，队伍中有秧歌舞、蒙古族、藏族、苗族、彝族、维吾尔族、朝鲜族等编排成的一个《民族大团结》方阵，一边行进一边表演。音乐集中吹奏乐器组成了一支民族乐队，走在群众游行队伍的后面。这一年国庆游行队伍中第一次出现少先队和文艺大队。另外，广场队伍组织2万人参加庆祝活动。

天安门观礼。上午 10 时，毛泽东、朱德、刘少奇、宋庆龄、李济深、张澜、周恩来、林伯渠等党和国家领导人登上天安门城楼主席台，在主席台上检阅的共 100 余人。在城楼下各观礼台上观礼的共有 7000 余人。这次阅兵和群众游行时间共 5 小时 25 分。

## 1951 年

国庆阅兵。这次受阅部队共 13348 人，走在最前列的方队是正在军事学院受训的身经百战功勋卓著的高级军官。喷气式飞机也是首次受阅。

国庆群众游行。组织 30 余万人，参加群众游行队伍，有少先队 18000 人、产业工人队伍 12 万人、农民队伍 3 万人、各民主党派、各人民团体和机关干部队伍共 7 万人、中等学校队伍 8 万人、文艺队伍 8000 人。同时，广场组织 2 万人，举着无数面红旗，使广场形成一片红色的海洋。从这一年开始，当少先队行进到金水桥前时，有两名队员登上天安门城楼向毛主席献花。直到 1954 年，毛主席提出"不要只给我一个人献花嘛"！从此以后，少先队员不再给毛主席献花了。另外，广场组织 2 万群众参加庆祝活动。

天安门观礼。上午 10 时，毛泽东、朱德、刘少奇、周恩来等党和国家领导人登上天安门城楼主席台，检阅部队和群众游行队伍，这次登上主席台的共有127人。在城楼下各观礼台上观礼的共有7100人。

## 1952 年

国庆阅兵。这次受阅部队有57个地面方队，9个空中梯队，共11300人。三军仪仗队护卫着"八一"军旗，首次参加国庆受阅，全国各民族的民兵组成方队也参加阅兵。此次阅兵历时65分钟。

国庆群众游行。组织40余万人，分为5路纵队，横排面为60人，通过天安门广场接受检阅。游行队伍中第一次出现仪仗队和体育大队。仪仗队由1000名铁路工人组成，以大幅的国旗、国徽、党旗和"庆祝国庆"的标语为先导，在仪仗队的后面是腰鼓队，由1500名工人和学生击鼓前进。然后是产业工人队伍、郊区农民队伍、机关干部队伍、大中学生队伍、首都各区人民队伍、工商界队伍。接着是体育大队，由3500名运动员抬着"发展体育运动，增强人民体质"的大标语前进。最后是5000名文艺工作者队伍。同时，广场组织近2万名少先队员，参加庆祝活动。

天安门观礼。上午10时，毛泽东、朱德、宋庆龄、李济深、张澜、林伯渠，政务院总理周恩来、副总理董必武、陈云、郭沫若、黄炎培、邓小平等党和国家领导人登上天安门城楼主席台，检阅阅兵式和群众游行，登上主席台的还有中央人民政府委员、政务院委员，各委、部、会、署行首长等共180人。其中有国宾蒙古国泽登巴尔等外国国家领导人。在城楼下观礼台上观礼的共9700人，其中有抗美援朝志愿军英模代表等。这次阅兵和群众游行时间共3小时50分。

## 1953 年

国庆阅兵。受阅部队地面方队48个共10038人，各种武器装备共736件，军马770匹，苏联制造的"喀秋莎"火箭炮第一次参阅。同时年轻的航空员们驾驶着喷气式轰炸机群，战斗机群在天安门上凌空而过。

国庆群众游行。组织40万人，1万名少先队员为先导，后有仪仗队、产业工人队伍、农民队伍、机关干部队伍、市区人民队伍、工商界队伍、10万学生队伍响应毛主席的号召抬着"身体好、学习好，工作好"的大幅标语牌。引人注目，文艺大队表演采茶舞，花鼓灯舞，民族大团结舞等。体育大队组织3900名运动员阔步前进，通过天安门广场接受检阅。同时，组织广场群众5万人参加庆祝活动。

天安门观礼。上午10时，登上天安门城楼主席台的有毛泽东、朱德、刘少奇、周恩来、宋庆龄、陈云等党和国家领导人检阅阅兵队伍和游行队伍，在主席台上检阅的共有 180 人。在城楼下观礼台上观礼的共 9000 余人。这次阅兵和群众游行时间共 4 个小时 15 分钟。

## 1954 年

国庆 5 周年阅兵。受阅部队是从全军 60 个单位抽调组编成的共 10348 人。此次阅兵军种、兵种齐全，武器装备机械化程度有了较大提高，反映了人民解放军的发展壮大。

国庆群众游行。组织 40 万人群众通过天安门广场接受检阅，走在前面的是 1400 名铁路工人组成的仪仗队，他们抬着国徽和"庆祝中华人民共和国成立五周年"的标语。接着是 8000 名少先队员，高举"时刻准备着"的金字标语，欢呼跳跃着前进。13 万工人队伍中举着"为完成国家第一个五年计划而奋斗"的巨型标语。北京郊区 412 个农业生产合作社社员参加游行。14 万学生队伍中有 17000 名高等院校学生来自全国各地，是第一次参加游行，接受毛主席检阅的。文艺工作者队伍抬着"提高艺术修养，努力艺术实践"的标语。体育大队穿着各种颜色的运动服，高呼"锻炼身体，建设祖国""锻炼身体，保卫祖国""锻炼身体，保卫和平"的口号通过天安门广场。游行队伍中还有机关干部队伍、工商界队伍等。另外，组织广场 44000 名群众参加庆祝活动。

天安门观礼。上午 10 时，毛泽东、朱德、刘少奇、周恩来、宋庆龄、林伯渠、李济深、张澜等党和国家领导人，登上天安门城楼主席台检阅阅兵式和群众游行，在主席台上检阅的共有 220 人。其中有国宾赫鲁晓夫（苏联）、布尔加宁（苏联）、米高扬（苏联）、金日成（朝鲜）、贝鲁特（波兰）、阿波斯托尔（罗马尼亚）、桑布（蒙古）等 10 多位外国国家领导人。在城楼下各观礼台上观礼的共有 1 万人。

## 1955 年

国庆阅兵。受阅部队共 10344 人，这次阅兵是人民解放军实行军衔制后的首次阅兵，是换穿新式服装后的第一次亮相，人民解放军的威武军容给人们留下了良好的印象。

国庆群众游行。组织 40 余万人队伍。仪仗队抬着"国徽"和"庆祝国庆"的标语引领游行队伍前进。还抬着毛泽东、朱德、刘少奇、周恩来、陈云等领导人的画像。全国青年社会主义建设积极分子的队伍出现在游行队伍中。农民队伍由 5000 名农业劳动模范、生产能手和积极分子组成。随后是手工业生产合作社的队伍等。文艺大队上千个舞蹈演员表演荷花舞、扇舞等。体育大队中全国第一届工人体育运动大会的运动员也参加了游行。同时，广场组织4万群众参加庆祝活动。当游行队伍全部通过天安门之后，广场群众挥舞着花束，拥向金水桥前，向毛主席欢呼致敬。

天安门观礼。上午10时，在天安门举行盛大阅兵和群众游行，在天安门城楼主席台上安排了201人，其中有毛泽东、朱德、刘少奇、周恩来、宋庆龄、林伯渠、陈云等党和国家领导人。在城楼下各观礼台上观礼的共有8946人。其中西一台为外交使节及各国政府性代表团中的主要人员。西二台为中央各部、直属机关负责人及全国人大在京代表、全国政协委员。西三台为军队代表。东一、二台为外宾和专家。东三台是北京市等单位负责人。这次阅兵和群众游行时间共3小时50分钟。

## 1956年

国庆阅兵。共有11929人接受检阅，这次是雨中受阅，受阅的队伍在倾盆大雨中行进，虽然全身都被雨淋透了，但仍斗志昂扬，意志坚强，精神抖擞，以整齐的步伐走过天安门广场接受检阅。

国庆群众游行。组织50万人的队伍，分为8路纵队，84人横排面，游行队伍中引人注目的是第一次出现公私合营企业的工商业者，当中有很多人带着妻子和儿女参加游行，他们举着"为彻底完成社会主义改造而奋斗"的标语。文艺大队通过天安门时，48对雄狮，争抢8个绣球，使广场上下一片沸腾。同时，广场组织55000名群众参加庆祝活动，在群众队伍中升起许多巨大的气球上面带着"世界和平万岁"的标语，飘荡在广场上空。

天安门观礼。上午10时，随同毛泽东、朱德、刘少奇、周恩来登上天安门城楼主席台的共有255人。其中有参加党的八大的来自50多个国家的共产党、工人党、劳动党、劳动人民党和人民革命党的代表，在天安门城楼上检阅。在城楼下观礼台上观礼的有正在我国访问的50多个国家的外宾、各国驻华使节和外交官员、帮助我国建设的外国专家及八大代表等12972人。这次阅兵和群众游行时间共3个半小时。

## 1957年

国庆阅兵。接受检阅部队共7064人，共组成29个地面方队，空军健儿们驾驶的飞机中，有的在抗美援朝战争中建立功勋，有的是我国制造的最新式飞机。整个阅兵历时50分钟。

国庆群众游行。组织30万人队伍接受检阅。走在前列的仪仗队，抬着"中国共产党万岁""迎接第二个五年计划""艰苦奋斗""勤俭建国"等标语。10万工人队伍中抬着各种反映完成和超额完成生产计划数字的图表。郊区农民抬着各种农作物丰收模型。机关干部队伍，抬着我国完成第一个五年计划的各项指标的图表和模型。1500名科学工作者，高举着"科学为社会主义服务"的大标语。青年学生用花束扎成"永远跟着共产党走！"的标语。文艺大队高举"为实现社会主义文艺路线而斗争"的标语。体育大队，1万名运动员表演各种优美的体操动作和投篮、举重等姿势。

同时广场组织了35700名群众。1957年之前，群众游行指挥部对广场队伍要求不高，队伍中只带国旗、党旗、彩旗、单位旗、领袖像和横幅标语等。从1957年开始广场队伍举花组成简单的"国庆"两个大字。效果很好，受到中央领导和观礼贵宾们的好评。

天安门观礼。上午10时，随同毛泽东、朱德、刘少奇、周恩来等党和国家领导人，登上天安门城楼主席台的共有241人。其中有国宾卡达尔（匈牙利）、于哥夫（保加利亚）、哈达（印度尼西亚）等外国国家领导人。在城楼下各观礼台上观礼的中外来宾共8086人。这次阅兵和群众游行时间共3小时15分。

## 1958 年

国庆阅兵。这次阅兵首次出现7个首都民兵师和女民兵队伍，共组成 29 个地面方队。其中有院校方队、水兵、公安军、摩托车、伞兵、坦克等方队，飞机 93 架。

国庆群众游行。组织了 30 余万人队伍，接受检阅。其中清华大学有一批从校办工厂来的学生，穿着工作服，头戴电焊面罩，引人注目，还有北京师范大学的上山下乡下厂参加劳动的师生，参加游行。同时天安门广场组织 43000 名群众，组成"国庆"的图案。

天安门观礼。上午 10 时，毛泽东、刘少奇、周恩来、朱德、陈云、邓小平等党和国家领导人登上天安门城楼主席台，与毛主席一起登上主席台检阅的共 185 人。其中有国宾契尔文科夫和格奥尔吉耶夫（保加利亚）、巴卢库（阿尔巴尼亚）、李周渊（朝鲜）等外国国家领导人。在城楼下各观礼台上观礼的中外来宾 12237 人。这次阅兵和群众游行时间共 4 小时。

## 1959 年

国庆阅兵。这次受阅部队共有 11018 人，组成了 15 个徒步方队、14 个车辆方队和 16 个空中方队。受阅部队的新式武器装备，展示了人民解放军的建设成就和良好形象。

国庆群众游行。组织 50 余万人队伍，分为 8 路纵队，100 人横排面，有仪仗队等 11 种队伍组成，接受检阅。

同时广场组织群众 105000 人。广场群众队伍，从 1959 年广场改建之后，扩大了面积，从这一年开始，每年国庆节广场的群众，根据中央的要求安排组织比较复杂的图案，有几种到几十种不等。如 1959 年国庆，大学生队伍在广场中心区组成"国徽"图案，工人队伍在国徽两侧分别组成"1949 和 1959"数字图案，国家机关队伍列队广场西侧，城区队伍列队广场东侧，用各种彩色花束为国徽年号图案镶边。

天安门观礼。上午 10 时，毛泽东、刘少奇、宋庆龄、董必武、朱德、周恩来、邓小平等党和国家领导人登上天安门城楼主席台，其中有赫鲁晓夫（苏联）、胡志明（越南）、金日成（朝鲜）、谢胡（阿尔巴尔亚）、泽登巴尔（蒙古）等外国国家领导人，同时登上主席台的还有我方人员 334 人，外宾 284 人，共计 618 人。在城楼下各观礼台上观礼的共 21000 人，其中东西红台 10200 人，左右灰台 10800 人。这次阅兵和群众游行时间共两个半小时。

## 1960—1970 年

国庆节不组织阅兵，只组织群众游行。1960 年国庆组织了 30 余万人游行，在工人队伍中引人注目的高高举起了，上面用金字写着："见困难就上，见荣誉就让，见先进就学，见后进就帮"的标语，这是首都工业战线上

1500 多名先进集体的代表和先进工作者组成的队伍。在大学生队伍中有 500 多名出身于世代农奴家庭的中央民族学院的藏族学生，他们穿着节日盛装，跳起在节日前夕新编的赞美幸福生活的民族舞蹈，唱着歌颂党和毛主席的藏歌，有的挥舞着鲜花欢呼前进。同时，广场组织 10 万工人、学生、少先队员、公社社员和机关干部用彩色花束组成锦绣般的"国徽""国庆""1949—1960"年号和"毛主席万岁"的图案，各种图案还不断变换。

天安门观礼。上午 10 时，毛泽东、刘少奇、周恩来、朱德、陈云、董必武等党和国家领导人，登上天安门城楼主席台，同时登上的外宾有缅甸总理吴努和奈温将军、阿尔及利亚总理阿巴斯和议会副主席凯莱齐等外国国家领导人共 337 人。在城楼下各观礼台上观礼的有 20813 人，其中有来自五大洲 70 多个国家的外国朋友。

## 1961 年

国庆组织 30 万群众游行。队伍中有 12000 名工人、学生、机关干部组成的仪仗队，举着国旗、国徽和新中国成立 12 年的伟大成就的巨幅标语为前导。由工人、机关干部、学生组成民兵队伍，列成 11 个整齐的方队，紧握着冲锋枪，抬着迫击炮、火箭筒等各式武器，迈着整齐的步伐通过天安门广场接受检阅。同时广场有 10 万群众，组成"国庆""1949—1961"年号等图案。

天安门观礼。上午9时55分，毛泽东、刘少奇、宋庆龄、周恩来、朱德、陈云、邓小平等党和国家领导人登上天安门城楼主席台。同时登上的外宾有古巴共和国总统多尔蒂科斯、尼泊尔王国马亨德拉国王和王后等外国国家领导人。还有中央、北京市党政军机关和人民团体的负责人共320人，其中外宾25人。在城楼下东西观礼台上观礼的共有2万人，其中外宾1477人。

## 1962 年

国庆组织30万群众游行。雄伟壮观的仪仗队行进在队伍的前列，高举五星红旗，抬着由八个大花篮环绕着的巨大国徽，簇拥着金光闪闪的毛主席浮雕像，欢呼前进。随后是少先队、工人、农民等队伍，在农民队伍中有当时命名的中苏、中阿、中保、中匈、中越、中德、中波、中捷等友好人民公社的社员们，通过天安门广场接受检阅。同时广场组织87500名群众，不断用花束交替组成鲜艳夺目的"国庆""1949—1962""毛主席万岁"等字样图案。

天安门观礼。上午9时58分乐队奏起《东方红》乐曲，毛泽东、刘少奇、董必武、朱德、周恩来、邓小平等党和国家领导人登上天安门城楼主席台，同时登上的外宾有印度尼西亚哈蒂妮·苏加诺夫人、越南南方民族解放阵线代表团团长阮文孝和夫人马氏珠、著名的美国黑人学者杜波伊斯和夫人歇莉·格雷姆等。登上天安门城楼的还有中央八届十中全会的中央委员、候补委员等共379人，其中包括外宾12人。在城楼下东西红观礼台上观礼的共有10200人，其中外宾1246人。左右灰台上观礼的共有10800人，其中外宾814人。

## 1963 年

国庆组织30万群众游行。在《歌唱祖国》的乐曲声中，壮丽的仪仗队首先进入天安门广场，随后少先队、工人、农民、城区、机关干部、学生等队伍通过天安门广场接受检阅。同时广场组织87500人，手持花束组成鲜艳的"毛主席万岁"五个大红字等图案。

天安门观礼。上午10时，毛泽东、刘少奇、宋庆龄、董必武、朱德、周恩来、邓小平等党和国家领导人登上天安门城楼主席台，同时登上的外宾有印度尼西亚共产党中央第一副主席兼国家合作国会副议长鲁克曼、阿尔及利亚政府代表团团长兼阿尔及利亚国务部长阿马尔·乌兹加尼、美国黑人领袖罗伯特·威廉和夫人等，在主席台检阅的共291人。在城楼下各观礼台上观礼的共21000人，其中来自社会主义阵营各国和来自亚洲、非洲、拉丁美洲、北美洲、欧洲、大洋洲的80多个国家的有2000多人，他们中包括政治、经济、军事、文化、友好组织、科学、新闻、教育、艺术、体育等各方面的人士。

## 1964 年

国庆 15 周年群众游行。组织 70 万群众，分为九路纵队，150 人的横排面，有仪仗队等十种队伍组成接受检阅。在队伍中引人注目的是首都民兵师，它是我国全民皆兵的缩影，他们抬着毛主席亲自题的"首都民兵师"五个金光闪闪的大字，阔步前进。同时广场组织 96000 名群众，手持彩色花球组成了"一轮红日光芒四射"的壮观图景。千百个彩色气球上系着花篮和写着"中国共产党万岁""毛主席万岁"的标语，在空中飘荡。

天安门观礼。上午 10 时，毛泽东、刘少奇、宋庆龄、董必武、朱德、周恩来、邓小平等党和国家领导人登上天安门城楼主席台，同时登上主席台的外宾有柬埔寨国家元首西哈努克亲王和夫人、刚果（布）共和国总统阿方斯·马桑巴·代巴、朝鲜最高人民会议常任委员会委员长崔庸健、越南国家总理范文同、罗马尼亚人民共和国部长会议主席毛雷尔等外国国家领导人，共 452 人，其中我方人员 280 人，外宾 172 人。在城楼下各观礼台上观礼的有 21000 多人，其中来自五大洲的 80 多个国家和地区的外宾共 3000 多人。

## 1965 年

国庆群众游行。组织 30 余万人，游行队伍以 16000 人组成的仪仗队为先导，接着是少先队员、工人、农民、机关干部、学校师生、民兵、文艺工作者和运动员组成的队伍。后面有一支身穿白色衣服，背着大草帽和红十字药包的医务人员队伍，高举着一面"农村巡回医疗队"的大红旗，走在游行队伍中。还有在 9 万多名大中学生的队列中第一次出现了半工半读和半农半读的学生队伍。

同时，在天安门广场上组织 96900 名群众，手持花束组成"一轮红日放射出万丈光芒"的壮丽图案，象征着我们伟大的祖国，有如旭日东升蒸蒸日上的景象。广场上空迎风飘动着五个巨大气球装饰成的红色大宫灯，上面写着五个金字"毛主席万岁"的标语。

天安门观礼。上午 10 时，毛泽东、刘少奇、宋庆龄、董必武、朱德、周恩来、邓小平等党和国家领导人登上天安门城楼主席台时，乐队高奏《东方红》乐曲，同时登上主席台的共 440 人，其中有国宾柬埔寨国家元首西哈努克亲王等外国国家领导人。在城楼下各观礼台上观礼的共 21000 人，其中来自 80 多个国家和地区的 2000 多位贵宾，他们包括亚洲、非洲、拉丁美洲以及北美洲、欧洲、大洋洲的许多国家的政治、经济、文教、军事等方面的人士。

## 1966 年

国庆群众游行。组织 100 万人的群众队伍，人人挥动《毛主席语录》，在《大海航行靠舵手》的乐曲声中通过天安门广场，接受党和国家领导人的检阅。同时广场组织 10 万群众，组成"毛主席万岁"等图案。

天安门观礼。上午 10 时，有毛泽东、刘少奇、宋庆龄、董必武、周恩来、邓小平、朱德、李富春、陈云、陈毅、刘伯承、贺龙、李先念、谭震林、徐向前、聂荣臻、叶剑英、乌兰夫等党和国家领导人登上天安门城楼主席台，同时登上主席台的共有 414 人。在城楼下各观礼台上观礼的共 21000 人，其中有五大洲 70 多个国家和地区的外宾及华侨、港澳同胞归国观光团、工人、农民、解放军、少数民族代表共 8882 人。另外在观礼台上安排了师生代表 11000 余人。

## 1967 年

国庆群众游行。组织 50 万人，由前卫队等九种队伍组成，接受检阅。同时广场组织 10 万群众，手持花球组成一幅幅极为壮丽的图案："旭日东升光芒万丈"等六种。广场上空五个巨型气球宫灯写着"毛主席万岁"五个大字，凌空高悬，辉映蓝天。

天安门观礼。上午 10 时，登上天安门城楼主席台有毛泽东、周恩来、朱德、李富春、陈云、宋庆龄、董必武、陈毅、李先念、徐向前、聂荣臻、叶剑英等党和国家领导人，同时登上主席台的共 400 余人，其中外国国家领导人有阿尔巴尼亚部长会议主席穆罕默德·谢胡、越南民主共和国政府副总理黎清毅等 10 余位。在城楼下各观礼台上观礼的共有 3 万人。

## 1968 年

国庆群众游行。组织 50 万人，浩浩荡荡的游行队伍迈着雄伟的步伐，通过天安门广场阔步前进，并有全副武装的人民解放军，护卫着国旗和国徽为前导，接受检阅。同时广场组织 10 万群众手持花球，组成了壮丽的"葵花向太阳"等图案。

天安门观礼。上午 10 时，登上天安门城楼主席台的有毛泽东、周恩来、朱德、李富春、陈云、董必武、宋庆龄、陈毅、刘伯承、李先念、徐向前、聂荣臻、叶剑英等党和国家领导人，还有在京的中央委员和候补委员，29 个省、市、自治区革委会委员，以及各国无产阶级革命战士和其他国际友人共 800 余人。在城楼下各观礼台上观礼的共有 2 万人，其中有来自各省、市、自治区的近万名工人阶级的代表。

## 1969 年

国庆群众游行。组织 40 余万人队伍，解放军护卫着庄严的国旗和国徽为先导，随后有工、农、兵、红卫兵、革命干部、革命知识分子、革命文艺和体育工作者队伍，通过天安门广场接受检阅。同时广场组织 10 万名群众，用花束组成五个金色大字"毛主席万岁"等图案。

天安门观礼。上午 10 时，登上天安门城楼主席台的有毛泽东、周恩来、叶剑英、刘伯承、朱德、李先念、董必武、宋庆龄、陈毅、徐向前、聂荣臻、陈云、李富春等党和国家领导人，还有何香凝、郭沫若、周建人等领导，还有国宾朝鲜党政代表团团长崔庸健、越南党政代表团团长范文同、阿尔巴尼亚党政代表团团长托斯卡、柬埔寨国家代表团团长朗诺等 20 多个外国代表团，还有全国工农兵等方面的代表，共 1000 余人登上天安门城楼。在城楼下各观礼台上观礼的共有 2 万人。

## 1970 年

国庆群众游行，组织 40 万人接受检阅。同时广场组织 10 万名群众，手持花束组成五个大字"毛主席万岁"等图案。

天安门观礼。上午 10 时，毛主席在庄严的《东方红》乐曲声中健步登上天安门城楼主席台，和毛主席同登上城楼有周恩来、叶剑英、刘伯承、朱德、李先念、董必武、宋庆龄、聂荣臻、李富春、何香凝、周建人等。登上城楼的还有在京的中央委员、解放军负责人、中央各部负责人、国务院各部门负责人、全国人大常委会委员、全国政协常委、北京市革委会常委等。还有外宾柬埔寨国家元首西哈努克亲王和夫人等，共 500 余人。在城楼下各观礼台上观礼的共 2 万人。

## 1984 年

国庆连续 24 年没有举行阅兵，连续 13 年没有举行群众游行，在 1984 年又开始阅兵和游行。这次受阅部队共 10370 人，受阅武器装备共 7 类 28 种，特别是战略导弹部队是首次向全世界亮相，还有武装警察方队和女民兵方队首次受阅。

国庆群众游行。组织 40 万人，横排面为 100 人，编成 68 个方阵通过天安门广场接受检阅。同时在广场组织 10 万人，组成"祖国万岁""振兴中华""保卫和平""中国共产党万岁"等图案。在广场北侧上空一共用了 16 个大气球做成宫灯型，上书写"庆祝中华人民共和国成立三十五周年"金色大字，标语两侧用巨型气球吊起的两个直径 7 米的大花篮，作为装饰。场面雄伟壮观。

天安门观礼。上午 10 时，在天安门城楼主席台上检阅的有胡耀邦、邓小平、李先念、陈云、彭真、邓颖超、徐向前、聂荣臻等党和国家领导人。外宾有柬埔寨西哈努克亲王和夫人，柬埔寨联合政府总理宋双等共 400 余人。在城楼下各观礼台上观礼的共有 2 万人。这次阅兵和群众游行时间共两小时。

## 1999 年

国庆阅兵。参加这次阅兵的，由陆、海、空三军、人民武装警察、预备役部队和民兵组成的 17 个徒步方队、25 个车辆方队、10 个空中梯队，共有 11000 名官兵，新装备武器占 90% 以上。

国庆群众游行。组织 30 万人，在"国旗""国庆""年号""国徽"四个仪仗队方阵后，欢乐的游行队伍依次展示了"开国·创业""改革·辉煌""世纪·腾飞" 3 个主题，生动地反映了新中国成立 50 周年，特别是改革开放 20 年来在毛泽东、邓小平、江泽民为核心的党的三代中央领导集体的领导下，发生了翻天覆地的变化。同时广场组织 10 万余人，组成各种图案。

天安门观礼。上午 9 时 58 分在欢快的迎宾乐曲声中江泽民、李鹏、朱镕基、李瑞环、胡锦涛、尉健行、李岚清等党和国家领导人登上天安门城楼主席台，登上主席台的还有中央委员、候补委员，中顾委委员，中纪委常委，全国人大常委会委员，全国政协常委，香港特别行政区，澳门特别行政区，中央党政军群各个部门主要负责人、担任过中央党政军群各部门领导职务的老同志。共400余人。

在城楼下各观礼台上观礼的有：中央党政军群各部门负责人，在京的老同志代表，在京的党的十五大代表，中纪委委员，全国人大代表，全国政协委员，各民主党派中央、全国工商联负责人，无党派人士代表，全国劳模代表。还有各国驻华使节、在京的外国友人、帮助我国工作的专家等2万人参加观礼。

## 2009 年

国庆阅兵。这次阅兵由陆、海、空三军仪仗组成的方队，护卫着中国人民解放军军旗走在前面，随后由军区、军兵种武警部队和总部直属部队以及北京市民兵预备役部队共8000余名官兵参加受阅。

国庆群众游行。组织10万人，虽人数少了但队伍精了，游行群众都统一着装，色彩协调搭配，整体队伍呈现出五彩缤纷、色彩斑斓的景象。10万群众组成36个方阵，6个行进文艺表演队伍，他们簇拥着展示新中国建设成就的包括港澳台的34个省、市、自治区建设的60辆花车一起通过天安门。还有各行业的劳模、英模以及共和国不同历史时期的建设者，及支持国家建设和发展的海外华侨、海外留学归国人员和帮助我国建设的外国友好人士，也出现在游行队伍中或彩车上。同时，广场组织 8 万名青少年手持花束，组成"国庆"二字的巨大图案等 41 种。天安门广场上空，60 只直径 5 米的大红灯笼，烘托出热烈、喜庆、祥和的氛围；广场东西两侧，56 根绘有各族群众载歌载舞图案的民族团结柱，象征着 56 个民族共同擎起祖国繁荣富强的伟大基业。

天安门观礼。上午 10 时，登上天安门城楼主席台的有胡锦涛、江泽民、吴邦国、温家宝、贾庆林、李长春、习近平、李克强、贺国强等党和国家领导人和其他领导同志，还有在京中央委员、候补委员，在京原中顾委委员，全国人大常委会委员，全国政协常委等。还有柬埔寨太皇西哈努克和太后莫尼列、纳米比亚前总统努乔马、日本前首相村山富市等外宾共 400 余人。

在城楼下各观礼台上观礼的有：中央党政军群各部门负责人、老同志代表、在京党的十七大代表、中纪委委员、全国人大代表、全国政协委员、无党派人士代表，还有各国驻华使节、外国专家、常驻外国记者、外国知名企业驻京代表、访华代表团成员等约 2 万人参加了观礼。